춘향전

세계문학전집 100

춘향전

송성욱 풀어 옮김

백범영 그림

민음사

차례

일러두기

1. 이 책의 제1부는 완판본 『열녀춘향수절가』 84장본을, 제2부는 경판본 『춘향전』 30
장본을 대본으로 하며, 각각 4개의 장으로 나누었다. 부록으로 『열여춘향슈절가』 완
판 84장본의 영인본을 실었다.

2. 현대어로 옮길 때, 다음과 같은 점을 고려하였다.

　2-1. 판소리계 소설의 특성상 다소 주석이 많아지더라도 문장의 맛을 살리기 위해
　　　어떤 경우에는 원전의 어휘를 그대로 따랐다.

　2-2. 순 우리말이라고 해도 현대의 어휘로 바꿀 수 있는 것은 바꾸었다.

　2-3. 현재에도 쓰는 전라도 사투리의 경우, 의성어와 의태어 등은 되도록 그대로 두
　　　었다.

　2-4. 한자어를 옮길 때, 원래 어휘의 의미를 되도록 바꾸지 않도록 하고 전체 문장의
　　　호흡을 중시하여 옮겼다.

　2-5. 지명이나 관직명에 대해서는 구체적인 주석을 넣지 않는다. 단, 고사가 있는 중
　　　국의 지명이나 인명 혹은 반드시 필요하다고 생각되는 항목에 대해서는 주석을
　　　넣어 문맥 파악에 도움을 주도록 하였다.

　2-6. 노래의 성격이 짙은 대사이거나 원래 노래가 삽입되어 있는 곳은 행을 바꾸어
　　　처리하였다.

3. 완판본 『열여춘향슈절가』 영인본에서 장구점(◖)은 판소리계 소설에서 흔히 장단을
맞추기 위해 들어간 표식이다.

열녀춘향수절가

완판 84장본

이 도령과의 만남

　숙종대왕 즉위 초에 성덕이 넓으시어 대대로 어진 자손이 끊이지 않고 계승하시니 아름다운 노래 소리와 풍요로운 삶이 비할 데가 없도다. 든든한 충신이 좌우에서 보필하고 용맹한 장수가 용과 호랑이가 에워싸듯 지키는구나. 조정에 흐르는 덕화(德化)가 시골까지 퍼졌으니 굳센 기운이 온 세상 곳곳에 어려 있다. 조정에는 충신이 가득하고 집집마다 효자열녀로다. 아름답고도 아름답다. 비바람이 순조로우니 배부른 백성들은 곳곳에서 태평 시절을 노래하는구나.

　이때 전라도 남원에 월매라는 기생이 있으니 삼남(三南)에서 이름난 기생이었다. 일찍이 기생을 그만두고 성가라고 하는 양반과 더불어 살았는데 나이 사십이 되도록 슬하에 일점혈육이 없었다. 이것이 한이 되어 길이 한숨 쉬며 근심하다가 그만 병이 되었구나. 하루는 크게 깨달은 바가 있어 옛날 성현들을 생각하고 남편에게 여쭈오되 공순히 하는 말이,

"들으시오. 전생에 무슨 은혜 끼쳤던지 이생에 부부 되어 기생 행실 다 버리고 예절도 숭상하고 여공(女工)도 힘썼건만 무슨 죄가 그리 많은지 자식 하나 없으니, 가까운 친척 하나 없는 우리 신세에 조상 제사 누가 지내며 죽은 후 장사는 어찌하리. 명산대찰(名山大刹)에 기도나 하여 아들이든 딸이든 낳게 되면 평생 한을 풀 것이니 그대의 뜻이 어떠하오?"

성 참판 하는 말이,

"평생 신세 생각하면 자네 말이 당연하나 빌어서 자식을 낳을진대 자식 없는 사람이 있으리오?"

하니 월매 대답하되,

"천하의 성현인 공자께서도 이구산에 비옵시고 정나라 정자산1)은 우형산에 빌어 태어나셨으니 우리나라 강산을 이를진대 명산대찰이 없으리오? 경상도 웅천의 주천의(朱天儀)는 늦도록 자녀가 없어 최고봉에 빌었더니 명나라 황제가 나시어 대명천지(大明天地) 밝았다고 하오.2) 그러니 우리도 정성이나 드려 보사이다."

공든 탑이 무너지며 심은 나무 꺾일쏜가. 이날부터 목욕재계 정갈하게 하고 명산, 좋은 땅 찾아갈 제 오작교 썩 나서서

----

1) 춘추 시대 정나라의 재상이었던 공손교(公孫僑)를 가리킨다.
2) 웅천은 지금의 창원이다. 명나라 태조의 조상이 우리나라 사람이라는 설화를 말하는 것이다.

좌우 산천 둘러보니 서북의 교룡산[3]은 술해(戌亥) 방향[4]을 막아 있다. 동으로는 장림[5] 수풀 깊은 곳에 선원사가 은은히 보이고 남으로는 지리산이 웅장하다. 그 가운데 있는 요천수[6]는 큰 강 푸른 물결이 되어 동남쪽으로 둘렀으니 별천지가 바로 여기로다. 푸른 수풀 끌어 잡고 계곡물을 밟아 들어가니 지리산이 여기로다. 반야봉 올라서서 사면을 둘러보니 좋은 산 큰 강이 완연하다. 꼭대기에 제단을 만들어 제물을 차려 놓고 단 아래 엎드려 천신만고 빌었더니 산신님의 덕이신지.

이때는 오월 오일 갑자시[7]라. 한 꿈을 꾸니 상서로운 기운이 공중에 서려 오색 빛이 영롱하더니 한 선녀가 청학을 타고 오는데 머리에 꽃 관을 쓰고 몸에는 색동옷을 입었다. 장신구 소리 쟁쟁하고 손에는 계화 한 가지를 들고 당에 오르며 손을 들어 인사하고 공순히 여쭈오되,

"저는 낙포(洛浦)의 딸[8]이었는데 복숭아를 진상하러 옥황상제 계신 곳에 갔다가 달나라 궁궐 광한전(廣寒殿)에서 적송자(赤松子)[9]를 만나 미진한 회포를 풀었습니다. 그 바람에 늦

---

3) 남원에 있는 산.
4) 서북쪽.
5) 남원 근교의 숲 이름.
6) 남원 근교의 강 이름.
7) 자시는 23시에서 01시까지인데, 갑자시라 함은 0시에서 01시까지를 가리킨다.
8) 복희씨의 딸이 낙수(洛水)에 빠져 죽어 신이 되었다는 중국 신화에서 나온 표현이다.
9) 신선의 이름. 도교의 우상이다.

은 것이 죄가 되어 옥황상제 크게 화를 내시며 인간 세상으로 내쳤습니다. 갈 곳을 모르다가 두류산[10] 신령(神靈)께서 부인댁으로 가라고 지시하기로 왔사오니 어여삐 여기소서."

하며 품으로 달려든다. 학의 울음소리가 높은 것은 목이 긴 때문이라. 학 소리에 놀라 깨니 남가일몽(南柯一夢)이라. 황홀한 정신을 진정하여 남편에게 꿈을 말하고 천행으로 아들을 낳을까 기다리더니 과연 그 달부터 태기가 있다. 열 달이 되자 하루는 향기가 온 방에 가득하고 오색구름이 영롱하더니 정신이 혼미한 중에 출산하니 한 명 옥녀(玉女)를 낳았도다. 비록 아들은 못 낳았지만 오랜 세월 월매가 바라던 마음이 얼마간 풀리는구나. 그 사랑함을 어찌 다 말하리오. 이름을 춘향이라 부르면서 손에 든 보석같이 길러 내니 효행은 비할 곳이 없고 인자함은 기린처럼 빼어나구나. 칠팔 세 되자 서책(書冊)에 맛을 붙여 예의, 정절을 일삼으니 칭송하지 않는 사람이 없더라.

이때 삼청동(三淸洞)에 이 한림[11]이라 하는 양반이 있으니 대대 명문 가문이요 충신의 후예라. 하루는 전하께옵서 충효록(忠孝錄)을 올려 보시고 충효자를 가려 뽑으시어 지방 원님으로 임용하실새, 이 한림을 과천 현감에서 금산 군수로 옮겼다가 남원 부사로 제수하셨다. 이 한림이 성은에 감사드리며 하직하고 행장을 차려 남원부에 도임하여 백성을 잘 다스리

---

10) 지리산의 다른 이름.
11) 한림은 벼슬 이름이다.

니 사방에 일이 없구나. 지방의 백성들은 원님의 덕을 칭송하고, 태평 시절을 노래하는 동요가 들리는구나. 나라가 태평하여 해마다 풍년이고 백성이 효도하니 이 바로 요순 시절이라.

이때는 어느 때뇨. 놀기 좋은 봄날이라. 온갖 새들은 수풀을 희롱하며 지저귀고 짝을 지어 날아들며 춘정을 다툰다. 꽃 피는 남산, 붉게 물든 북산, 천만 갈래 버들가지에서 황금 새는 벗을 부른다. 나무마다 숲을 이루고 두견 접동 다 지나가니 일 년 중 가장 아름다운 시절이라.

이때 사또 자제 이 도령의 나이는 이팔[12]이요 풍채는 두목지[13]라. 도량은 넓푸른 바다 같고 지혜는 활달하고 문장은 이태백이요 필법은 왕희지라.

하루는 방자 불러 말씀하되,

"이 골 아름다운 곳 어드메냐? 시흥(詩興) 춘흥(春興)이 흘러넘치니 아름다운 경치 말하여라."

방자 놈 여쭈오되,

"글공부하시는 도련님이 경처(景處)[14] 찾아 부질없소."

이 도령 이르는 말이,

"너 무식한 말이로다. 자고로 문장재사(文章才士)도 아름다운 강산 구경하는 게 풍월 읊는 근본이라. 신선도 두루 놀아 널리 보니 어이하여 부당하랴. 사마장경[15]이 큰 강을 거슬러

---

12) 16세.
13) 두목(杜牧). 당나라 때의 시인.
14) 아름다운 경치가 있는 곳.
15) 사마상여(司馬相如). 탁문군의 남편으로 전한(前漢) 때의 문인.

갈 때 미친 듯한 물결에 음산한 바람이 성내어 부르짖자, 글을 지어 잠잠하게 했으니 천지 사이 만물 변화가 놀랍다. 즐겁고도 고운 것이 글 아닌 게 없느니라. 시(詩)의 왕 이태백은 채석강에서 놀았고, 적벽강 가을 달밤에 소동파 놀았고, 심양강 밝은 달에 백낙천 놀았고, 보은 속리산 문장대에 세종대왕 노셨으니 아니 놀지 못하리라."

이때 방자, 도련님 뜻을 받아 사방 경치 말씀하되,

"서울로 이를진대 자하문 밖 내달아 칠성암, 청련암, 세검정과 평양 연광정, 대동루 모란봉, 양양 낙선대, 보은 속리 문장대, 안의[16] 수승대, 진주 촉석루, 밀양 영남루가 어떤지는 모르오나 전라도로 이를진대 태인 피향정,[17] 무주 한풍루, 전주 한벽루 좋사오나 남원 경처 들어 보시오. 동문 밖 나가시면 장림 숲 선원사 좋사옵고, 서문 밖 나가시면 관왕묘(關王廟)의 엄한 위풍 예나 지금이나 같사옵고, 남문 밖 나가시면 광한루, 오작교, 영주각 좋사옵고, 북문 밖 나가시면 연꽃 같은 봉우리가 푸른 하늘에 깎은 듯이 솟아 있고 기이한 바위 둥실한 교룡산성 좋사오니 내키는 대로 가사이다."

도련님 이르는 말씀,

"야 말로 들어 봐도 광한루, 오작교가 좋도다. 구경 가자."

도련님 거동 보소. 사또전 들어가서 공순히 여쭈오되,

"오늘 날씨 화창하오니 잠깐 나가 풍월을 읊으며 시(詩)를

---

16) 경상도 안의현. 지금은 경상남도 거창군에 수승대가 있다.
17) 전라북도에 있다.

생각하고 싶으오니 나들이하여이다."

사또 매우 기뻐하며 허락하시고 말씀하시되,

"남쪽 고을 풍물 구경하고 돌아오되 시제(詩題)를 생각하라."

도련님 대답하되,

"아버님 가르침대로 하오리다."

물러나와 하는 말이,

"방자야 나귀에 안장 지워라."

방자 분부 듣고 나귀 안장 지운다. 나귀 안장 지울 때, 붉은 가슴걸이, 자주색 고삐, 산호채찍, 금채찍, 옥안장, 황금굴레, 청홍실 고운 굴레, 갖은 수술 덤뿍 달고 층층한 다래,[18] 은엽등자,[19] 호랑이가죽 안장에 염불하는 스님 염주 매달듯 방울을 앞뒤에 걸고,

"나귀 등대하였소."

도련님 거동 보소. 옥안선풍(玉顔仙風) 고운 얼굴, 치렁치렁 숱 많은 머리 곱게 빗어 밀기름에 잠재우고, 비단 댕기에 석황[20]을 물려 맵시 있게 잡아 땋고, 성천 수주[21] 접동 저고리, 흰모시 박음질 바지, 좋은 명주 겹버선에 푸른 비단 대님 차고, 남빛 비단 민소매 덧저고리에 밀화단추[22] 달아 입고, 통행전[23]을 무릎 아래 넌지시 매고, 두꺼운 비단 허리띠를 차고,

---

18) 말의 배 양쪽에 달아 흙이 튀는 것을 막는 도구.
19) 은엽으로 만든 등자. 은엽은 운모의 일종이며, 등자는 발을 놓는 발판.
20) 광물의 일종.
21) 평안도 성천에서 생산한 질 좋은 비단.
22) 밀화로 만든 단추.

깁비단 둥근 주머니를 여덟 갈래 늘어진 끈으로 매듭지어 넌지시 매고, 소매 넓은 웃옷에 도포 받쳐 입고, 검은 띠를 가슴에 눌러 매고 가죽신을 끌면서, [23]

"나귀를 붙들어라."

등자 딛고 선뜻 올라 뒤를 싸고 나오신다. 통인[24] 하나 뒤를 따라 삼문(三門) 밖 나올 적에 금빛 나는 둥근 부채로 햇빛을 가리고 남쪽 넓은 길로 생기 있게 나아간다. 술에 취해 양주를 지나던 두목지(杜牧之)[25]의 풍챌런가, 거문고 잘못 타는 여인을 돌아보던 주랑(周郎)[26]의 모습인가.

향기로운 교외의 거리 봄으로 가득하니
보는 자 누구인들 사랑하지 않으리오.

　　향가자맥춘성내(香街紫陌春城內)요
　　만성견자수불애(滿城見者誰不愛)[27]라.

광한루 훌쩍 올라 사면을 살펴보니 경치가 매우 좋다. 늦은

---

23) 발목에서 무릎 밑까지 바짓가랑이 위에 눌러 싸는 물건.
24) 지방 관아의 잡역에 종사하던 사람.
25) 두목지의 시의 한 구절인 '취과양주귤만거(醉過楊州橘滿車)'에서 비롯된 말. 술에 취해 양주를 지나가니 주위 여자들이 풍채에 반하여 귤을 던져 수레에 가득해졌다는 말.
26) 주랑은 오나라의 사람인 주유(周瑜)이다. 주유는 거문고를 잘 탔는데, 거문고를 타는 여자가 일부러 거문고를 잘못 타서 주유로 하여금 돌아보게 만들었다는 고사에서 유래된 표현.
27) 도연명의 시.

아침 적성산에 안개 떠 있고, 푸른 나무에 깃들인 봄은 나부
끼는 버들꽃에 쌓여 있다.

　　붉은 누각들은 어지러이 빛나고,
　　화려한 집들은 서로 영롱하게 빛나네.

　　자각단루분조요(紫閣丹樓紛照耀)요
　　벽방금전상영롱(碧房錦殿相玲瓏)[28]이라

이 구절은 임고대(臨高臺)[29]를 이르는 것이고,

　　아름답게 꾸민 집은 멀리서도 빛나네.
　　요헌기구하처요(瑤軒綺構迢處耀)[30]

이 구절은 광한루를 이르는 것이라. 동정호 굽어보는 악양
루(岳陽樓)와 고소대(姑蘇臺)를 본 듯하고, 오나라와 초나라를
가로지르는 강물을 본 듯하고, 연자(燕子)[31] 서북 지방의 팽
택(彭澤)[32]을 본 듯하구나.

---

28) 당나라의 시인 왕발(王勃)의 「임고대(臨高臺)」란 시의 일부.
29) 글자대로 풀이하면 '높은 누각에 임하다.'란 뜻인데, 왕발의 시 제목을
가리키기도 한다.
30) 왕발의 「임고대」의 한 구절.
31) 누각의 이름.
32) 연자가 있는 곳.

또 한 곳 바라보니 희고 붉은색이 난만한 중에 앵무새와 공작이 날아든다. 산천경개 둘러보니 휘어져 굽은 소나무와 떡갈잎은 춘풍을 못 이기어 흐늘흐늘, 폭포수 흐르는 시냇가에 핀 꽃은 뻥긋뻥긋, 낙락장송 울울하고 수풀 그늘 향기로운 풀이 꽃보다도 좋은 시절이구나. 계수나무, 자단나무, 모란꽃, 벽도화(碧桃花)[33]에 취한 산색은 큰 강에 풍덩실 잠겨 있구나.

또 한 곳 바라보니 한 미인이 봉황새 소리와 함께 온갖 춘정(春情)을 못 이기어 두견화 질끈 꺾어 머리에도 꽂아 보며, 함박꽃도 질끈 꺾어 입에 함쑥 물어 보고, 고운 비단 저고리 반만 걷고 청산유수 맑은 물에 손도 씻고 발도 씻고, 물 머금어 양치하며, 조약돌 덥석 쥐어 버들가지 꾀꼬리를 희롱하며 날려 보내는구나. 버들잎도 죽죽 훑어 물에 훨훨 띄워 보고, 백설 같은 흰나비, 수벌과 암나비는 꽃술 물고 너울너울 춤을 춘다. 황금 같은 꾀꼬리는 숲마다 날아든다. 광한루 진기한 경치 좋거니와 오작교가 더욱 좋다. 바야흐로 이른바 호남에서 제일가는 성(城)이로다.

오작교가 분명하면 견우직녀 어디 있나. 이렇게 좋은 경치에 풍월이 없을쏘냐. 도련님이 두 구절 글을 지었으되,

높고 맑은 오작교의 배
광한루 옥계단
묻노니 하늘의 직녀는 누구인가

33) 푸른 복숭아 꽃.

흥이 지극하니 오늘 내가 바로 견우로다.

고명오작선(高明烏鵲船)이요
광한옥계루(廣寒玉階樓)라.
차문천상수직녀(借問天上誰織女)요
지흥금일아견우(至興今日我牽牛)라.

이때 내아(內衙)[34]에서 술상이 나오거늘 한 잔 먹은 후에 통인과 방자 물려 준다. 술기운이 도도하야 담배 피워 입에다 물고 이리저리 거닐 제, 충청도 공주 수영(水營)[35] 보련암(寶蓮菴)이 좋다 하나 이곳 경처 당할쏘냐. 붉을 단(丹) 푸를 청(靑) 흰 백(白) 붉을 홍(紅) 고을마다 물들었고, 꾀꼬리 벗을 부르는 소리는 나의 춘흥을 돋워 낸다. 노랑벌, 흰나비, 왕나비는 향기 찾는 거동이라. 날아갔다 날아오니 온통 봄이로구나. 신선이 사는 영주산, 방장산, 봉래산이 눈 아래에 가까우니, 물을 보니 은하수요 경치는 옥경(玉京)[36]인 듯하구나. 옥경이 분명하면 월궁(月宮) 선녀 없을쏘냐.

이때는 오월 단옷날이렷다. 일 년 중 가장 아름다운 시절이라. 이때 월매 딸 춘향이도 또한 시서음률(詩書音律)이 능통하니 천중절을 모를쏘냐. 추천[37]을 하려고 향단이 앞세우고

---

34) 지방 관청의 안채.
35) 수군절도사의 군영.
36) 하늘나라에 옥황상제가 사는 곳.
37) 그네뛰기.

내려올 제, 난초같이 고운 머리 두 귀를 눌러 곱게 땋아 봉황 새긴 비녀를 단정히 매었구나. 비단 치마를 두른 허리는 힘없이 드리운 가는 버들같이 아름답다. 고운 태도 아장 걸어 흐늘 걸어 가만가만 나올 적에, 장림(長林) 속으로 들어가니 녹음방초 우거져 금잔디 좌르르 깔린 곳에 황금 같은 꾀꼬리는 쌍쌍이 날아든다. 버드나무 높은 곳에서 그네 타려 할 때, 좋은 비단 초록 장옷, 남색 명주 홑치마 훨훨 벗어 걸어 두고, 자주색 비단 꽃신을 썩썩 벗어 던져 두고, 흰 비단 새 속옷 턱밑에 훨씬 추켜올리고, 삼껍질 그넷줄을 섬섬옥수 넌지시 들어 두 손에 갈라 잡고, 흰 비단 버선 두 발길로 훌쩍 올라 발 구른다. 세류(細柳)[38] 같은 예쁜 몸을 단정히 놀리는데 뒷단장은 옥(玉)비녀에 은죽절[39]이요 앞치레 볼 것 같으면 밀화장도(蜜花粧刀),[40] 옥장도(玉粧刀)며, 비단 겹저고리, 제색 고름이 모양이 난다.

"향단아 밀어라."

한 번 굴러 힘을 주며 두 번 굴러 힘을 주니 발밑에 작은 티끌 바람 쫓아 펄펄. 앞뒤 점점 멀어 가니 머리 위의 나뭇잎은 몸을 따라 흔들흔들. 오고 갈 제 살펴보니 녹음 속의 붉은 치맛자락 바람결에 내비치니, 높고 넓은 흰 구름 사이에 번갯불이 쏘는 듯 잠깐 사이에 앞뒤가 바뀌는구나. 앞으로 어른거리는 모습은 제비가 가볍게 날아 떨어지는 도화(桃花) 한 점

---

38) 가는 버드나무 가지.
39) 쪽진 머리에 꽂는 은으로 만든 장식품.
40) 평복에 차는 밀화로 만든 작은 칼.

찾으려 쫓는 듯, 뒤로 번듯 하는 모습은 광풍에 놀란 나비 짝을 잃고 가다가 돌이키는 듯, 무산(巫山)의 선녀 구름 타고 양대(陽臺) 위에 내리는 듯[41] 나뭇잎도 물어 보고 꽃도 질끈 꺾어 머리에다 실근실근.

"이 애, 향단아. 그네 바람이 독하기로 정신이 아찔하다. 그넷줄 붙들어라."

붙들려고 무수히 진퇴(進退)하며 한참 노닐 적에 시냇가 반석(磐石) 위에 옥비녀 떨어져 쟁쟁하고, '비녀, 비녀' 하는 소리는 산호채를 들어 옥그릇을 깨뜨리는 듯. 그 형용은 세상 인물 아니로다.

제비는 봄 내내 날아드는구나. 이 도령 마음이 울적하고 정신이 어질하여 별 생각이 다 나것다. 혼잣말로 소리하되, 오호[42]에 편주 타고 범소백[43]을 좇았으니 서시(西施)[44]도 올 리 없고, 해성[45] 월야(月夜)에 슬픈 노래로 초패왕을 이별하던 우미인(虞美人)도 올 리 없고, 단봉궐 하직하고 백룡퇴로 간 후에

---

41) 초나라의 양왕이 꿈에 한 부인을 만나 하룻밤을 같이 잤는데, 그 다음 날 꿈속에 부인이 하는 말이 "저는 무산의 높은 곳에 사는데 아침이면 구름이 되고 저녁이면 비가 됩니다."라고 했다. 양왕이 양대 아래에서 보니 과연 그 말과 같았다란 고사에서 유래된 표현이다.

42) 중국에 있는 다섯 개의 호수.

43) 범려(范蠡)를 지칭. 중국 춘추 시대 초나라 사람으로 월왕 구천을 도와 오왕 부차를 멸망시킨 사람.

44) 오나라 왕 부차가 총애했던 여인이었는데, 월나라가 부차를 멸망시킨 후 범려가 서시를 데리고 편주를 타고 오호로 갔다는 고사에서 유래된 표현이다.

45) 한나라 유방과 초패왕 항적 곧 항우가 싸우던 곳.

독류청총(獨留靑塚)[46] 하였으니 왕소군(王昭君)[47]도 올 리 없고, 장신궁[48] 깊이 닫고 백두음(白頭吟)을 읊었으니 반첩여(班倢攦)[49]도 올 리 없고, 소양궁 아침 날에 시측하고 돌아오니 조비연(趙飛燕)[50]도 올 리 없다. 낙포(洛浦)의 선녀인가 무산의 선녀인가. 도련님 혼이 빠져 일신이 괴로우니 진실로 장가 안 간 총각이로다.

"통인아."

"예."

"저 건너 화류(花柳) 중에 오락가락 희뜩희뜩 어른어른 하는 게 무엇인지 자세히 보아라."

통인이 살펴보고 여쭈오되,

"다른 무엇 아니오라 이 고을 기생 월매 딸 춘향이란 계집 아이로소이다."

도련님이 엉겁결에 하는 말이,

"아주 좋다. 훌륭하다."

---

46) 다른 산소는 흔한 풀이 났는데 유독 왕소군의 산소에만 푸른 풀이 났다는 뜻이다.

47) 흉노가 한나라에서 여자를 구하자 왕소군이 선정되었다. 왕소군이 단봉궐(한나라 때의 궁궐 문)을 하직하고 백룡퇴(고비 사막 부근)로 가게 되었는데 후에 음독 자살하였다.

48) 한나라 태후가 거처하던 궁전의 이름.

49) 한나라 성제 때의 재주 있었던 여인으로 황제의 총애를 받아 첩여란 직첩을 받았다. 그러나 조비연의 시기를 받아 장신궁으로 밀려나 황제를 모시지 못하고 태후의 시중만 들면서 황제를 그리워하고 자신의 외로운 처지를 담아 「백두음」이란 노래를 불렀다.

50) 한나라 성제의 황후. 소양궁은 조비연이 거처하던 궁전의 이름.

통인이 아뢰되,

"제 어미는 기생이오나 춘향이는 도도하여 기생 구실 마다 하고 온갖 꽃이며 풀이며 글자도 생각하고, 여자의 재질이며 문장을 겸비하여 예사 처자와 다름이 없나이다."

도령이 허허 웃고 방자를 불러 분부하되,

"들은즉 기생의 딸이라니 급히 가 불러오라."

방자 놈 여쭈오되,

"눈같이 흰 피부 꽃다운 얼굴이 이 일대에서 유명하여 관찰사, 첨사,[51] 병부사, 군수, 현감, 엄지발가락이 두 뼘씩이나 되는 양반 오입쟁이들도 무수히 만나 보려 하였지만 실패했고. 장강[52]의 아름다움과 임사[53]의 덕행이며, 이백과 두보의 문필이며, 이비[54]의 정절을 품었으니 지금 세상에서 가장 아름다운 여자요, 여자 중의 군자오니 황공하온 말씀이나 불러오기 어렵나이다."

도련님이 크게 웃고,

"방자야 네가 물건에는 각기 그 주인이 있다는 것을 모르는도다. 형산에서 나는 백옥과 여수[55]에서 나는 황금이 각각 임자 있느니라. 잔말 말고 불러오라."

---

51) 관직명.
52) 춘추 시대 장위공의 부인 얼굴이 아름다웠는데 자식을 낳지 못했다.
53) 태임(太任)과 태사(太)를 가리킨다. 태임은 주 문왕의 어머니요 태사는 주나라 문왕의 처로 덕성 있는 여성의 대명사로 일컫는다.
54) 순임금의 두 아내인 아황과 여영.
55) 중국의 강 이름.

방자 분부 듣고 춘향 불러 건너갈 때 맵시 있는 방자 녀석, 서왕모[56]가 요지연[57]에 편지 전하던 파랑새같이 이리저리 건너가서,

"여봐라, 이 애 춘향아."

부르는 소리에 춘향이 깜짝 놀라,

"무슨 소리를 그따위로 질러 사람의 정신을 놀래느냐."

"이 애야, 말 마라. 일이 났다."

"일이라니 무슨 일?"

"사또 자제 도련님이 광한루에 오셨다가 너 노는 모양 보고 불러오란 명을 내렸다."

춘향이 화를 내어,

"네가 미친 자식이로다. 도련님이 어찌 나를 알아서 부른단 말이냐. 이 자식 네가 내 말을 종달새가 삼씨 까먹듯 빨리 하였나 보다."

"아니다. 내가 네 말을 할 리도 없지만 네가 그르지 내가 그르냐. 너 그른 내력을 들어 보아라. 계집아이 행실에 그네를 타려면 네 집 후원 담장 안에 줄을 매고 타는 게 도리에 당연함이라. 광한루 멀지 않고 또한 지금은 녹음과 향기로운 풀이 꽃보다 좋은 봄이라. 향기로운 풀은 푸르고, 앞 시냇가 버들은 초록색 휘장을 둘렀고, 뒤 시냇가 버들은 연두색 휘장을 둘러, 한 가지 늘어지고 또 한 가지 펑퍼져[58] 흐늘흐늘 춤을

---

56) 중국 신화에 나오는 선녀의 이름.
57) 요지라는 호수에서 벌였던 잔치.
58) 넓게 퍼져.

춘다. 이 같은 광한루 경치 구경하는데, 그네를 매고 네가 뛰어 외씨 같은 두 발길로 흰 구름 사이에서 노닐 적에 붉은 치맛자락이 펄펄, 흰 속옷 갈래 동남풍에 펄렁펄렁, 박속같은 네 살결이 흰 구름 사이에 희뜩희뜩한다. 도련님이 이를 보시고 너를 부르시니 내가 무슨 말을 한단 말인가. 잔말 말고 건너가자."

춘향이 대답하되,

"네 말이 당연하나 오늘이 단옷날이라. 비단 나뿐이랴. 다른 집 처자들도 여기 와서 함께 그네를 탔을 뿐 아니라, 설혹 내 말을 했을지라도 내가 지금 기생이 아니니 예사 처녀를 함부로 부를 리도 없고 부른다 해도 갈 리도 없다. 당초에 네가 말을 잘못 들은 바라."

방자 별 수 없이 광한루로 돌아와 도련님께 여쭈오니 도련님 그 말 듣고,

"기특한 사람이로다. 말인즉 옳도다. 다시 가 말을 하되 이리이리 하여라."

방자 그 전갈을 가지고 춘향에게 건너가니, 그사이에 제 집으로 돌아갔다. 저의 집을 찾아가니 모녀간 마주 앉아 점심을 먹는구나. 방자 들어가니,

"너 왜 또 오느냐?"

"황송타. 도련님이 다시 전갈하시더라. 내가 너를 기생으로 안 것이 아니다. 들으니 네가 글을 잘한다기로 청하노라. 여염 처자 불러 보는 것이 민망한 일이지만 꺼리지 말고 잠깐 와 다녀가라 하시더라."

춘향의 너그러운 마음에 연분이 되려고 그런지 갑자기 갈 마음이 난다. 모친의 뜻을 몰라 한동안 말 않고 앉았더니, 춘향 어미 썩 나 앉아 정신없이 말을 하되,

"꿈이라 하는 것이 모두 허사는 아니로다. 간밤에 꿈을 꾸니 난데없이 연못에 잠긴 청룡 하나 보이기에 무슨 좋은 일이 있을까 하였더니 우연한 일 아니로다. 또한 들으니 사또 자제 도련님 이름이 몽룡이라 하니 '꿈 몽(夢) 자 용 룡(龍) 자' 신통하게 맞추었다. 그나저나 양반이 부르시는데 아니 갈 수 있겠느냐. 잠깐 다녀오라."

춘향이가 그제야 못 이기는 모습으로 겨우 일어나 광한루 건너갈 제, 대명전(大明殿) 대들보의 명매기 걸음으로, 양지(陽地) 마당의 씨암탉 걸음으로, 흰모래 바다의 금자라 걸음으로, 달 같은 태도 꽃다운 용모로 천천히 건너간다. 월(越)나라 서시(西施)가 배우던 걸음걸이로 흐늘흐늘 건너온다. 도련님 난간에 절반만 비켜서서 그윽이 바라보니 춘향이가 건너오는데 광한루 가까이 온지라. 도련님 좋아라고 자세히 살펴보니 요염하고 정숙하여 그 아름다움이 세상에 둘도 없는지라. 얼굴이 빼어나니 청강(淸江)에 노는 학이 설월(雪月)에 비친 것 같고, 흰 치아 붉은 입술이 반쯤 열렸으니 별도 같고 옥도 같다. 연지[59]를 품은 듯, 자줏빛 치마 고운 태도는 석양에 비치는 안개 같고, 푸른 치마가 영롱하여 은하수 물결 같다. 고운 걸음 단정히 옮겨 천연히 누각에 올라 부끄러이 서 있거늘, 통

---

59) 얼굴에 바르는 화장품의 일종.

인 불러 말한다.

"앉으라고 일러라."

춘향의 고운 태도 단정하다. 앉는 거동 자세히 살펴보니, 갓비가 내린 바다 흰 물결에 목욕재계하고 앉은 제비가 사람을 보고 놀라는 듯, 별로 꾸민 것도 없는 천연한 절대 가인이라. 아름다운 얼굴을 대하니 구름 사이 명월이요, 붉은 입술 반쯤 여니 강 가운데 핀 연꽃이로다. 신선을 내 몰라도 하늘나라 선녀가 죄를 입어 남원에 내렸으니, 달나라 궁궐의 선녀가 벗 하나를 잃었구나. 네 얼굴 네 태도는 세상 인물 아니로다.

이때 춘향이 추파를 잠깐 들어 이 도령을 살펴보니 천하의 호걸(豪傑)이요 세상의 기이한 남자라. 이마가 높았으니 젊은 나이에 공명을 얻을 것이요, 이마며 턱이며 코와 광대뼈가 조화를 얻었으니 충신이 될 것이라. 흠모하여 눈썹을 숙이고 무릎을 모아 단정히 앉을 뿐이로다. 이 도령 하는 말이,

"옛 성현도 같은 성끼리는 혼인하지 않는다 했으니 네 성은 무엇이며 나이는 몇 살이뇨?"

"성은 성(成)가옵고 나이는 십육 세로소이다."

이 도령 거동 보소.

"허허 그 말 반갑도다. 네 연세 들어 보니 나와 동갑인 이팔이라. 성씨를 들어 보니 하늘이 정한 인연일시 분명하다. 혼인하여 좋은 연분 만들어 평생같이 즐겨 보자. 너의 부모 모두 살아 계시냐?"

"편모슬하로소이다."

"형제는 몇이나 되느냐?"

"올해 육십 세를 맞은 나의 모친이 무남독녀라. 나 하나요."

"너도 귀한 딸이로다. 하늘이 정하신 연분으로 우리 둘이 만났으니 변치 않는 즐거움을 이뤄 보자."

춘향이 거동 보소. 고운 눈썹 찡그리며 붉은 입술 반쯤 열고 가는 목소리 겨우 열어 고운 음성으로 여쭈오되,

"충신은 두 임금을 섬기지 않고 열녀는 지아비를 바꾸지 않는다고 옛글에 일렀으니, 도련님은 귀공자요 소녀는 천한 계집이라. 한번 정을 맡긴 연후에 바로 버리시면 일편단심 이내 마음, 독수공방 홀로 누워 우는 한(恨)은 이내 신세 내 아니면 누구일꼬? 그런 분부 마옵소서."

이 도령 하는 말이,

"네 말을 들어 보니 어찌 아니 기특하랴. 우리 둘이 인연 맺을 적에 금석 같은 맹세하리라. 네 집이 어드메냐?"

춘향이 여쭈오되,

"방자 불러 물으소서."

이 도령 허허 웃고,

"내 너더러 묻는 일이 허황하다. 방자야!"

"예."

"춘향의 집을 네 일러라."

방자 손을 넌지시 들어 가리키는데,

"저기 저 건너 동산은 울울하고, 물고기 뛰노는 푸르고 푸른 연못 가운데 신비한 화초가 무성하고, 나무마다 앉은 새는 화려함을 자랑하고, 바위 위 굽은 솔에 맑은 바람이 건듯 부니 늙은 용이 서려 있는 듯, 있는 듯 없는 듯한 문 앞의 버들,

들쭉나무, 측백나무, 전나무며 그 가운데 행자목은 음양(陰陽)을 좇아 마주 서고, 오동나무, 대추나무, 깊은 산중 물푸레나무, 포도, 다래, 덩굴나무 넌출 휘휘친친 감겨 담장 밖에 우뚝 솟았는데, 소나무 정자가 대나무 숲 사이로 은은히 보이는 게 춘향의 집일러라."

도련님 이른 말이,

"집이 정결하고 송죽(松竹)이 울창하니 여자의 정절을 가히 알리로다."

춘향이 일어나며 부끄러이 여쭈오되,

"세상인심 고약하니 그만 놀고 가야겠소."

도련님 그 말을 듣고,

"기특하다. 그럴 듯한 일이로다. 오늘 밤 퇴령[60] 후에 너의 집에 갈 것이니 괄시나 부디 마라."

춘향이 대답하되,

"나는 몰라요."

"네가 모르면 쓰겠느냐. 잘 가거라. 오늘 밤에 서로 만나자."

누각에서 내려 건너가니 춘향 어미 마중 나와,

"애고 내 딸 다녀오냐. 도련님이 무엇이라 하시더냐?"

"무엇이라 하긴요. 조금 앉았다가 가겠다고 일어나니 저녁에 우리 집에 오시마 하옵디다."

"그래 어찌 대답하였느냐."

"모른다 하였지요."

---

60) 관청의 부하들에게 물러감을 허락하는 명령.

"잘하였다."

이때 도련님이 춘향을 서둘러 보낸 후에 잊을 수가 없어 공부방에 돌아와도 만사에 뜻이 없고 다만 생각이 춘향이라. 말소리 귀에 쟁쟁, 고운 태도 눈에 삼삼하다. 해지기를 기다리다가 방자 불러,

"해가 어느 때나 되었느냐."

"동에서 아귀 트나이다."[61]

도련님 몹시 화가 나서,

"이놈 괘씸한 놈. 서쪽으로 지는 해가 동쪽으로 도로 가랴. 다시금 살펴보라."

이윽고 방자 여쭈오되,

"해가 져서 황혼 되고 달이 동에서 떠오릅니다."

저녁밥이 맛이 없고 전전반측 어이하리. 퇴령을 기다리려 하고 책상을 앞에 놓고 서책과 씨름한다. 『중용』, 『대학』, 『논어』, 『맹자』, 『시전』, 『서전』, 『주역』, 『고문진보』, 『통감』, 『십팔사략』, 『천자문』, 이백과 두보의 시까지 내어놓고 글을 읽을새,

"『시전』이라. 서로 소리를 주고받는 새는 물가에서 노니는도다. 아름다운 여인은 군자의 좋은 짝이로다. 아서라 그 글도 못 읽겠다."

『대학』을 읽을새,

"대학의 도는 밝은 덕을 밝게 하는 데 있으며 백성을 새롭

---

61) 이제 막 동이 떠오른다는 뜻.

게 하는 데 있으며, 춘향에게 있도다. 그 글도 못 읽겠다."

『주역』을 읽는데,

"원은 형이고 정이고[62] 춘향이고 딱 댄코 좋고 하니라. 그 글도 못 읽겠다."

"「등왕각(藤王閣)」[63]이라. 남창은 옛 마을이요 홍도는 새 고을이로다. 옳다, 그 글 되었다."

『맹자』를 읽을새,

"맹자가 양혜왕을 알현하셨는데, 양혜왕이 말하기를 천 리 길을 마다하지 않고 오셨으니 춘향이 보시러 오셨나이니까?"

『십팔사략』을 읽는데,

"태고(太古) 시절이라. 아득한 옛날 중국의 임금인 천황씨는 쑥떡[64]으로 왕이 되어 섭제별에서 세상을 일으켰으니 자연스럽게 나라가 태평하였느니라. 또 형제 열두 명이 각각 일만 팔천 세를 누렸다."

방자 여쭈오되,

"여보 도련님. 천황씨가 목덕으로 왕이 되었단 말은 들었으되 쑥떡으로 왕이 되었단 말은 금시초문이오."

"이 자식 네 모른다. 천황씨는 일만 팔천 세를 살던 양반이

---

62) 『주역』에 건(乾)괘를 설명하는 말 중에 원형이정(元亨利貞)이란 말이 있는데, 이를 잘못 읽은 것이다.

63) 『고문진보』에 나오는 왕발의 글.

64) 원래는 목덕(木德) 즉 나무의 기운이라고 해야 한다. 여기에서는 이 도령이 춘향에 정신이 팔려 이 구절을 쑥떡으로 잘못 읽은 것으로 이해할 수 있다. 또한 양반에 대한 풍자의 의도도 읽을 수 있다.

라. 이가 단단하여 목떡[65]을 잘 자셨거니와 세상 선비들은 목
떡을 먹을 수 있겠느냐? 공자님께옵서 후생을 생각하사 명륜
당[66]에서 꿈에 나타나 세상 선비들은 이가 약해서 목떡을 못
먹기에 물컹물컹한 쑥떡으로 하라 하여 삼백육십 고을 향교
에 기별하여 쑥떡으로 고쳤느니라."

방자 듣다가 말을 하되,

"여보! 하느님이 들으시면 깜짝 놀라실 거짓말도 다 듣겠소."

또 『적벽부』를 펴 놓고,

"임술년 가을 칠월 십육일에 소동파는 손님과 더불어 적벽
강 아래 배를 띄워 유람할새 맑은 바람은 서쪽에서 불어오고
물결은 잔잔하구나. 아서라 그 글도 못 읽겠다."

천자문를 읽을새,

"하늘 천 땅 지."

방자 듣고,

"여보. 도련님 천자문은 웬일이오?"

"천자문이라 하는 글이 사서삼경의 기본이라. 양(梁)나라
때 벼슬 하던 주흥사(周興嗣)가 하룻밤에 이 글을 짓고 머리
가 허옇게 세었기로 책 이름이 백수문(白首文)[67]이라. 낱낱이
새겨 보면 뼈똥 쌀 일이 많지야."

"소인 놈도 천자 속은 아옵니다."

---

65) 목덕(木德) 즉 나무의 기운을 '목떡' 즉 나무로 만든 떡으로 잘못 이해
한 것.
66) 성균관에서 유학을 강의하던 곳.
67) 주흥사가 지은 천자문의 다른 이름.

"네가 알더란 말이냐."

"알다 뿐이겠소."

"안다 하니 읽어 봐라."

"예 들으시오. 높고 높은 하늘 천, 깊고 깊은 땅 지, 홰홰 친친 검을 현, 불타다 누를 황."

"예 이놈. 상놈은 상놈이구나. 이놈 어디서 길거리에서 잡된 타령 하는 놈의 말을 들었구나. 내가 읽을 것이니 들어라.

하늘은 자시(子時)에 열려 생겼으니 태극이 광대하다 하늘 천(天)

땅은 축시(丑時)에 열렸으니 오행과 팔괘로 땅 지(地)

삼십삼천[68] 공부공(空復空)[69]에 사람의 마음을 가리킨다 검을 현(玄)

스물여덟 별자리 청적황백흑 오색 중의 순한 색 누를 황(黃)

우주일월(宇宙日月) 거듭 빛나니 옥황상제 사는 곳 집 우(宇)

해마다 나라가 흥하고 망하며 옛날이 가고 지금이 온다 집 주(宙)

우임금이 홍수를 다스리고 기자(箕子)[70]가 홍범구주(洪範九疇)[71]를 말한다 넓을 홍(洪)

---

68) 불교의 용어로 우주를 통솔하는 제석천(帝釋天)을 뜻한다.

69) 불교의 의미가 담긴 말로 비고도 비었다는 뜻. 불교의 공(空) 사상이 담긴 말.

70) 은(殷)나라의 태사(太師).

71) 세상을 다스리는 아홉 가지 큰 법도.

태곳적 황제 삼황오제 돌아가신 후 간신악인 거칠 황(荒)

동방이 장차 밝아오기로 눈부신 하늘 빛나는 해 번뜩 솟아
난다 날 일(日)

억조창생 격양가(擊壤歌)에 강구연월(康衢煙月)[72] 달 월(月)

차가운 초승달 날마다 불어나 보름 밤에 찰 영(盈)

세상만사 생각하니 달빛과 같은지라 십오야 밝은 달이 보름
날 다음부터 기울 측(昃)

스물여덟 별자리 하도낙서(河圖洛書)[73] 벌여 놓은 일월성
신(日月星辰) 별 진(辰)

애석하게도 오늘밤은 기생집에서 자는구나 원앙금침에 잘
숙(宿)

절대가인 좋은 풍류 쭉 늘어서서 벌일 렬(列)

어렴풋한 달빛 한밤중에 온갖 회포 베풀 장(張)

오늘밤 찬바람이 쓸쓸하게 불어오니 침실에 들어라 찰 한(寒)

베개가 높거든 내 팔을 베어라 이만큼 오너라 올 래(來)

끌어당겨 질끈 안고 님의 다리에 드니 눈바람에도 더울 서(暑)

침실이 덥거든 서늘한 바람을 취하여 이리저리 갈 왕(往)

춥지도 덥지도 않은데 어느 때냐 낙엽 지는 오동나무에 가
을 추(秋)

백발이 장차 우거지니 소년 태도 거둘 수(收)

---

72) 큰 길거리에서 보이는 흐릿하게 보이는 달이란 뜻으로, 태평한 시대의
평화로운 풍경을 이르는 말.
73) 하도와 낙서. 하도는 주역(周易)의 팔괘(八卦)의 근원이 된 것. 낙서는
낙수(洛水)에서 나온 신령스러운 거북의 등에 있었다는 글.

낙엽 지는 찬바람 흰눈 오는 강산에 겨울 동(冬)

오매불망 우리 사랑, 규수 머무는 깊은 방에 감출 장(藏)

연꽃이 어젯밤 가랑비에 윤기가 흘러 부드러울 윤(潤)

이러한 고운 태도 평생을 보고도 남을 여(餘)

백년기약(百年期約) 깊은 맹세 만경창파 이룰 성(成)

이리저리 노닐 적에 세월 잊을 해 세(歲)

조강지처는 쫓아내지 못해 박대 못하나니 『대전통편』 법
율(律)

군자의 좋은 짝 이 아니냐

춘향이 입과 내 입을

한데다 대고 쪽쪽 빠니

풍류 려(呂) 자 이것 아니냐.

애고애고 보고 지고."

소리를 크게 질러 놓았으니 이때 사또 저녁 진지를 잡수시
고 식곤증이 나시어 평상에서 취침하시다가 '애고 보고 지고'
란 소리에 깜짝 놀라,

"이리 오너라."

"예."

"책방에서 누가 생침을 맞느냐 아픈 다리를 주물렀냐. 알아
오너라."

통인이 들어가,

"도련님 웬 고함이오. 고함소리에 사또 놀라시어 알아보라
하옵시니 어찌 아뢰리까?"

딱한 일이로다. 남의 집 늙은이는 귀 어두운 병도 있더니마는 귀 너무 밝은 것도 보통 일 아니로다. 도련님 크게 놀라,

"이대로 여쭈어라. 내가 『논어』라 하는 글을 보다가 '아 애석하도다. 내가 늙은 지 오래되었구나. 꿈에 주공을 보지 못하다니.'란 구절을 보다가 나도 주공을 보면 그렇게 해볼까 하여 흥이 나서 소리가 높았으니 그대로만 여쭈어라."

통인이 들어가 그대로 여쭈오니 사또가 도련님의 공부에 대한 열정을 크게 기뻐하여,

"이리 오너라. 책방에 가 목 낭청을 가만히 오시라고 해라."

낭청이 들어오는데 이 양반이 어찌 고리게 생겼던지 채신머리없이 경박하게 걸어 들어오는 것이었다.

"사또 그사이 심심하지요?"

"아 거기 앉소. 할 말 있네. 우리 피차 오랜 친구로 같이 공부하였거니와 어릴 때에 글 읽기처럼 싫은 것이 없건마는 우리 아이 시흥 보니 어이 아니 기쁠쏜가."

이 양반은 아는지 모르는지 여하튼 대답한다.

"아이 때 글 읽기처럼 싫은 게 어디 있으리오."

"읽기가 싫으면 잠도 오고 꾀가 무수히 나지만, 이 아이는 글 읽기를 시작하면 읽고 쓰기를 낮밤 가리지 않고 하지?"

"예 그렇디다."

"배운 것 없어도 글재주 뛰어나지?"

"그렇지요. 점 하나만 툭 찍어도 높은 산봉우리에서 돌을 던진 것 같고, 한 일(一) 자를 그어 놓으면 천 리에 구름이 피어오르고, 갓머리(ㅗ)는 새가 처마에서 엿보는 것 같습디다.

필법을 논하자면 풍랑이 일고 천둥번개가 치는 것 같고, 내리 그어 채는 획은 늙은 소나무가 절벽에 거꾸로 매달린 것 같습니다. 창 과(戈) 자로 말하자면 마른 등나무 넌출같이 뻗어 갔다가 도로 채 올리는 곳에서는 성난 큰 활 끝 같고, 기운이 부족하면 발길로 툭 차올려도 획은 획대로 되나니 글씨를 가만히 보면 획은 획대로 되옵디다."

"글쎄 듣게. 저 아이 아홉 살 먹었을 때 서울 집 뜰에 늙은 매화가 있는 탓에 매화나무를 두고 글을 지어라 하였더니, 순식간에 지었지만 정성을 들여 지은 것과 한가지니, 한번 보면 잊지 않는 총기가 있도다. 당당히 조정에 이름난 선비가 될 것이라."

"장래에 정승을 하오리다."

사또 너무 감격하여,

"정승이야 어찌 바라겠나. 그러나 내 생전에 과거급제는 쉽게 할 것이고, 급제만 쉽게 하면 육품 벼슬이야 무난하지 않겠나."

"아니요. 그리할 말씀이 아니라 정승을 못하오면 장승이라도 되지요."

사또가 호령하되,

"자네 누구 말로 알고 대답을 그리 하나."

"대답은 하였사오나 누구 말인지 몰라요."

이때 이 도령은 퇴령 놓기를 기다릴 제,

"방자야."

"예."

"퇴령 놓았나 보아라."

"아직 아니 놓았소."

조금 있더니 하인 물리라고 하는 퇴령 소리 길게 나니,

"좋다 좋다. 옳다 옳다. 방자야, 등불에 불 밝혀라."

통인 하나 뒤를 따라 춘향의 집 건너갈 제, 자취 없이 가만가만 걸으면서,

"방자야 사또 방에 불 비친다. 등불을 옆에 꺼라."

삼문 밖 썩 나서니 좁은 길 사이에 달빛이 영롱하다. 꽃 사이 푸른 버들 몇 번이나 꺾었으며[74] 놀음 하던 아이들은 밤이 되자 기생집에 들었으니 지체 말고 어서 가자. 그렁저렁 당도하니 오늘밤이 무척이나 적막하니 애인 보기 좋은 때 아니냐. 가소롭다 고기 잡는 사람은 무릉도원 가는 길을 모르던가? 춘향 집 앞 당도하니 밤 깊어 인적은 고요한데 달빛은 한밤중이라. 연못의 고기는 뛰어오르고 대접같이 큰 금붕어는 님을 보고 반기는 듯, 달 아래 두루미는 흥에 겨워 짝을 부른다.

이때 춘향이 거문고를 비껴 안고 남풍시(南風詩)[75]를 연주하다가 잠자리에서 존다. 방자 안으로 들어가 개가 짖을까 걱정되어 자취 없이 가만가만 춘향 방 창문 밑에 가만히 살짝 들어가서,

"이 애 춘향아 잠들었냐?"

---

74) 버들을 꺾는다 함은 미인을 사랑한다는 뜻이다.
75) 옛날 중국의 순임금이 이 노래를 지어 불러 태평 시절을 다스렸다고 한다.

춘향이 깜짝 놀라서,

"네 어찌 오냐?"

"도련님이 와 계시다."

춘향이가 이 말을 듣고 가슴이 울렁울렁 속이 답답하여 부끄럼을 못 이겨 문을 열고 나오다가 건넌방 건너가서 저의 모친 깨우는데,

"애고 어머니. 무슨 잠을 이다지 깊이 주무시오."

춘향 어미 잠을 깨어,

"아! 무엇을 달라고 부르느냐?"

"누가 무엇 달래었소."

"그러면 왜 불렀느냐?"

춘향이 엉겁결에 하는 말이,

"도련님이 방자 모시고 오셨다오."

춘향 어미 문을 열고 방자 불러 묻는 말이,

"누가 왔어?"

방자 대답하되,

"사또 자제 도련님이 와 계시오."

춘향 어미 그 말 듣고,

"향단아!"

"예."

"뒤 초당에 불 밝히고 자리를 펴라."

단단히 일러 당부하고 춘향 어미가 나오는데, 세상 사람이 다 춘향 어미를 일컫더니 과연이로다. 자고로 사람이 외갓집을 많이 닮는 탓에 춘향 같은 딸을 낳았구나. 춘향 어미 나오

는데 거동을 살펴보니, 나이 오십 세가 넘었는데 소탈한 모양이며 단정한 거동이 빼어나고 살결이 토실토실하고 윤기가 있어 복이 많은지라. 수줍고 점잖은 모양으로 신을 끌어 나오는데 가만가만 방자 뒤를 따라온다.

이때 도련님이 이리저리 배회하며 무료하게 서 있을 때, 방자 나와 여쭈오되,

"저기 오는 게 춘향의 어미로소이다."

춘향 어미가 나오더니 손들어 인사하고 우뚝 서며,

"그사이 도련님 문안이 어떠하오?"

도련님 반만 웃고,

"춘향의 어미라지? 평안한가?"

"예 겨우 지내옵니다. 오실 줄 진정 몰라 제대로 영접을 못하오니다."

"그럴 리가 있나."

춘향 어미 앞에 서서 인도하여 대문, 중문 다 지나서 후원으로 들어간다. 오래된 별당에 등불을 밝혔는데 버들가지 늘어져 불빛을 가린 모양은 구슬발이 갈고리에 걸린 듯하고, 오른편의 벽오동에는 맑은 이슬이 뚝뚝 떨어져 학의 꿈을 깨우는 듯하고, 왼편에 서 있는 소나무는 맑은 바람이 건듯 불어 늙은 용이 감겨 있는 듯하고, 창문 앞에 심은 온갖 화초는 속잎이 빼어나고, 연못 속의 구슬 어린 연꽃은 물 밖에 겨우 떠서 맑은 이슬을 받쳐 있고, 대접 같은 금붕어는 고기 변해 용이 되려 하듯 물결쳐서 출렁이며 툼벙굼실 놀 때마다 조롱하고, 새로 나는 연잎은 받을 듯이 벌어진다. 높이 솟은 세 봉우

리 돌로 만든 산이 충충이 쌓였는데 계단 아래의 학 두루미는 사람을 보고 놀라 두 죽지를 떡 벌리고 긴 다리로 징검징검 끼룩 뚜르르 소리하며, 계수나무 아래에서 삽살개 짖는구나. 그중에 반갑구나. 못 가운데 오리 두 마리는 손님 오신다고 둥덩실 떠서 기다리는 모양이다. 처마 아래 다다르니 그제야 춘향이 비단으로 꾸민 창문을 반쯤 열고 나온다. 모양을 살펴보니 둥근 태양이 구름 밖에 솟아난 듯 황홀한 저 모양은 측량키 어렵도다. 부끄러이 당에 내려 천연히 서 있는 거동은 사람의 간장을 다 녹인다.

도련님 반만 웃고 춘향더러 묻는 말이,

"피곤하지 않으며 밥이나 잘 먹었냐?"

춘향이 부끄러워 대답하지 못하고 묵묵히 서 있거늘, 춘향 어미가 먼저 당에 올라 도련님을 자리로 모신 후에 차를 들어 권하고 담배 붙여 올리니 도련님이 받아 물고 앉는다. 도련님, 춘향의 집 오실 때는 춘향에게 뜻이 있어 온 것이지 춘향의 집안 살림 구경 온 것 아니라. 그러나 도련님 첫 외입인 탓에 밖에서는 무슨 말이 있을 듯하더니 들어가 앉고 보니 별로 할 말이 없고, 공연히 춥고 감기 기운이 나니 아무리 생각하되 별로 말이 없는지라. 방을 둘러보며 벽을 살펴보니 용을 새긴 옷장, 봉을 새긴 옷장, 서랍 달린 문갑 등 세간 물건이 이럭저럭 벌여 있다. 무슨 그림장도 붙어 있다. 그림을 그려 붙였으되 서방 없고 공부하는 계집아이에게 세간 물건과 그림이 왜 있을까마는 춘향 어미가 유명한 기생이라. 그 딸을 주려고 장만한 것이었다. 조선의 유명한 명필 글씨 붙어 있고 그 사이에

붙인 명화 다 후려쳐 던져두고 「월선도(月仙圖)」란 그림 붙였
으되 월선도 제목에 이런 사연이 있었던 것이다.

　　오랜 옛날 임금님이 군신 조회 받을 때 쓰던 그림
　　청년 거사 이태백이 황학전에 꿇어 앉아 도교 경전『황정경』
읽던 그림
　　백옥루[76]를 만든 후에 자기 불러 올려 상량문 짓던 그림
　　칠월 칠석 오작교에 견우 직녀 만나는 그림
　　달 밝은 밤 옥황상제의 광한전에서 약 찧던 선녀 항아의 그림

　　층층이 붙였으되 광채가 찬란하여 정신이 황홀한지라. 또
한 곳 바라보니 부춘산에 살던 엄자릉이 간의대부 벼슬 마다
하고, 갈매기로 벗을 삼고 원숭이와 학을 이웃 삼아 양가죽
옷 떨쳐입고, 가을 동강의 칠리탄 여울에서 낚싯줄 던진 모습
이 분명하게 그려 있다. 이 바야흐로 신선의 경지라 할 만하구
나. 군자가 좋은 짝을 만났으니 놀 곳이로다. 춘향이 일편단심
일부종사 하려 하고 글 한 수를 지어 책상 위에 붙였으되,

　　봄바람 부는 대나무 운치를 띠었구나
　　향을 피워 밤에 책을 읽네.

　　대운춘풍죽(帶韻春風竹)이요

───────────

76) 선비 죽어 올라간다는 하늘 위 높은 누각.

분향야독서(焚香夜讀書)라.

기특하다 이 글 뜻은 남장(男裝)을 하고 아버지를 대신하여 전쟁에 나갔던 효녀 목란(木蘭)의 절개로다. 이렇듯 치하할 때 춘향 어미 여쭈오되,

"귀중하신 도련님이 천한 곳을 방문하시니 황공 감격하옵니다."

도련님, 그 말 한마디에 말구멍이 열리었지.

"그럴 리가 있는가. 우연히 광한루에서 춘향을 잠깐 보고 안타깝게도 그냥 보내었지. 꽃을 탐하는 나비와 벌의 취한 마음, 오늘 밤에 오는 뜻은 춘향 어미 보러 왔거니와 자네 딸 춘향과 백년언약을 맺고자 하니 자네의 마음이 어떠한가?"

춘향 어미 여쭈오되,

"말씀은 황송하오나 들어 보오. 자하골 성 참판 영감이 남원에 임시로 내려왔을 때, 소리개를 매로 잘못 보고 수청을 들라 하옵기로 관장(官長)의 명을 못 어기어 모셨지요. 석 달 만에 올라가신 후로 뜻밖에 잉태하여 낳은 게 저것이라. 그 사실을 편지로 전하니 젖줄 떨어지면 데려가련다 하시더니 그 양반이 불행하여 세상을 버리셨소. 결국 보내질 못하옵고 저것을 길러낼 때, 어려서 잔병치레 그리 많고 일곱 살에 소학 읽혀 수신제가(修身齊家) 온순한 마음을 낱낱이 가르쳤소. 족보 있는 자식이라 하나를 들으면 열을 알고 삼강행실 뛰어나니 뉘라서 내 딸이라 하리요. 집안이 가난하니 재상집은 당치 않고, 사대부는 높고, 서인(庶人)은 낮아, 다 마땅하지 않아 혼

인이 늦어가기에 밤낮으로 걱정이오. 도련님 말씀은 춘향과
혼인을 잠시 기약한단 말씀이오나 그런 말씀 마시고 노시다
가옵소서."

이 말이 참말이 아니라. 이 도령이 춘향을 얻는다 하니 앞
날이 어찌 될지 몰라 걱정하여 하는 말이었다. 이 도령 기가
막혀,

"좋은 일에는 마장이 들기 쉬운 격일세. 춘향도 미혼이요 나
도 장가들기 전이라. 피차 언약이 이러하고 정식 혼인은 못할
망정 양반의 자식이 한 입으로 두말할 리 있나."

춘향 어미 이 말 듣고,

"또 내 말 들으시오. 옛 책에 일렀으되 신하를 알기는 군주
만 한 이가 없고, 아들을 알기는 아비만 한 이가 없다 하니 딸
을 알기는 어미 아닌가. 내 딸 깊은 속은 내가 알지. 어려서부
터 굳은 뜻이 있어 행여 신세를 그르칠까 의심이요. 한 지아비
만 섬기려 하고 매사에 하는 행실과 철석같이 굳은 뜻이 청
송(靑松), 녹죽(綠竹), 전나무가 사철을 다투는 듯, 상전벽해 될
지라도 내 딸 마음 변할쏜가. 금과 은이며 비단이 산처럼 쌓여
도 받지 아니할 터이요, 백옥 같은 내 딸 마음 청풍인들 미치
리오. 다만 바른 도리를 본받고자 할 뿐이온데 도련님은 욕심
부려 인연을 맺었다가, 장가들기 전 도련님이 부모 몰래 깊은
사랑 금석같이 맺었다가 소문 무서워 버리시면, 옥 같은 내 딸
신세는 무늬 좋은 거북구슬, 고운 진주구슬 꿰는 구멍이 깨어
진 듯, 청강(淸江)에 놀던 원앙새가 짝 하나를 잃은들 어찌 내
딸 같을쏜가. 도련님 속마음이 이와 같다면 깊이 헤아려 행하

소서."

도련님 더욱 답답하여,

"그것은 다시 걱정하지 마소. 내 마음 헤아리니 특별 간절 굳은 마음이 흉중에 가득하니, 신세는 다를망정 저와 내가 평생 기약 맺을 적에 정식 절차 아니 밟은들 바다같이 깊은 마음 춘향이 사정 모를쏜가."

이같이 말하니 청실홍실 정식 절차 다 갖춰 혼인한다 해도 이 위에 더 뾰족할까.

"내 저를 조강지처같이 여길 테니 내 부모 때문에 염려 말고 장가들기 전이라고 염려 마소. 대장부가 먹은 마음 박대하는 행실 있을쏜가. 허락만 하여 주소."

춘향 어미 이 말 듣고 이윽히 앉았더니 꿈을 꾼 것이 있는지라. 연분인 줄 짐작하고 흔연히 허락하며,

"봉(鳳)이 나매 황(凰)이 나고 장군 나매 용마(龍馬) 나고, 남원에 춘향 나매 봄바람에 오얏꽃 꽃다움다. 향단아 술상 대령하였느냐?"

"예."

대답하고 술상을 차릴 적에 술안주 등을 볼 것 같으면 생김새도 정결하다. 큰 그릇 소갈비찜, 작은 그릇 제육찜, 풀풀 뛰는 숭어찜, 푸드덕 나는 메추리탕에 동래와 울산에서 나는 큰 전복을 잘 드는 칼로 맹상군(孟嘗君)의 눈썹처럼 오려 놓고, 소의 염통산적, 소의 양볶음과 싱싱한 꿩 다리 날것으로 좋은 사기그릇에 냉면과 함께 비벼 놓고, 생밤이며 찐 밤, 잣송이며 호도, 대추, 석류, 유자, 곶감, 앵두, 맛난 배를 쌓아 올렸

다. 술병 차림 볼 것 같으면, 티끌 없는 백옥병과 푸른 바다 위의 산호병과 중국 금정이란 샘의 오동병과 목 긴 황새병, 자라병, 중국 그림 그린 당화병, 도금한 쇄금병, 소상강 동정호의 죽절병, 그 가운데 좋은 은으로 만든 주전자며 붉은색 동으로 만든 주전자, 도금한 주전자를 차례로 놓았는데 구비함도 갖을시고. 술 이름을 이를진대, 이태백 포도주와 천년을 살았다는 안기생(安期生)의 자하주와 산림처사(山林處士)의 송엽주와 과하주, 방문주, 천일주, 백일주, 금로주, 팔팔 뛰는 소주, 약주, 그 가운데 향기로운 연엽주 골라내어 주전자에 가득 부어 청동 화로 백탄 불에 냉수 끓는 냄비 가운데 놓아 뜨겁지도 차갑지도 않게 데워 낸다. 금잔, 옥잔, 앵무잔을 그 가운데 띄웠으니 하늘나라에 피는 연꽃, 태을선녀가 연잎으로 만든 연엽주 띄운 듯, 높은 관직 영의정의 파초선(芭焦船)이 뜨듯 둥덩실 띄워 놓고, 권주가 한 곡조에 계속해서 술을 마시는구나.

이 도령 이른 말이,

"오늘 밤에 하는 절차 보니 여기가 관청이 아닌데도 어찌 이리 잘 갖추었나?"

춘향 어미 여쭈오되,

"내 딸 춘향 곱게 길러 좋은 군자 가려서 평생 동안 금슬 좋게 살 적에, 사랑방에 노는 손님, 영웅호걸 문사들과 죽마고우 벗님네 밤낮으로 즐기실 제, 내당의 하인 불러 밥상, 술상 재촉할 제 보고 배우지 못하고는 어찌 곧 준비하리. 아내가 변변치 못하면 가장의 낯을 깎음이라. 내 생전에 힘써 가르쳐 아무쪼록 본받아 행하라고 돈 생기면 사 모으고 손으로 만들어

서 눈에 익히고 손에도 익히라고 잠시 반 때 놓지 않고 시킨
바라. 부족하다 마시고 구미대로 잡수시오."

앵무잔에 술을 가득 부어 도련님께 드리오니, 도령 잔 받아
손에 들고 탄식하여 하는 말이,

"내 마음대로 할 수 있다면 정식 혼인을 행할 터나 그러질
못하고 개구멍서방으로 들고 보니 이 아니 원통하랴. 이 애 춘
향아. 그러나 우리 둘이 이 술을 혼례 술로 알고 먹자."

한 잔 술 부어 들고,

"너 내 말 들어 봐라. 첫째 잔은 인사주요 둘째 잔은 합환
주라. 이 술로 다른 술 아니라 근원근본 삼으리라. 순임금이
두 왕비 아황(娥皇) 여영(女英)을 귀히 만난 연분 가장 중하다
하였지만 달 아래 우리 연분, 삼생의 언약 맺은 연분, 천만 년
이라도 변치 아니할 연분, 대대로 높은 벼슬 하는 자손이 많
이 번성하여 자식, 증손자, 고손자를 무릎 위에 앉혀 놓고 죄
암죄암 달강달강 백 살 동안 살다가 한날한시에 마주 누워 선
후(先後) 없이 죽으면 천하에 제일가는 연분이지."

술잔 들어 잡순 후에,

"향단아 술 부어 너의 마님께 드려라. 장모, 경사로운 술이
니 한 잔 먹소."

춘향 어미 술잔 들고 기쁜 듯 슬픈 듯 하는 말이,

"오늘이 딸의 평생을 맡기는 날이라. 무슨 슬픔 있으리까마
는 저것을 길러낼 제 애비 없이 서럽게 길러 이때를 당하오니
영감 생각이 간절하여 비감하여이다."

도련님 이른 말이,

"이왕에 지난 일은 생각 말고 술이나 먹소."

춘향 어미 몇 잔을 먹은 후에 도련님이 통인을 불러 상 물려 주면서,

"너도 먹고 방자도 먹여라."

통인, 방자 상 물려 먹은 후에 대문, 중문 다 닫고, 춘향 어미 향단이 불러 자리를 깔라고 시킬 적에 원앙금침, 잣베개와 샛별 같은 요강에 자리를 정히 깔고,

"도련님 평안히 쉬옵소서. 향단아 나오너라. 나하고 함께 자자."

둘이 다 건너갔구나.

춘향과 도련님 마주 앉아 놓았으니 그 일이 어찌 되겠느냐. 지는 햇살을 받으면서 삼각산 제일봉에 봉학이 앉아 춤추는 듯, 두 팔을 구부정하게 들고 춘향의 섬섬옥수 꼭 잡고, 옷을 공교하게 벗기는데, 두 손길 썩 놓더니 춘향의 가는 허리를 담쏙 안고,

"치마를 벗어라."

춘향이가 처음 일뿐 아니라 부끄러워 고개를 숙여 몸을 틀제, 이리 곰실 저리 곰실 푸른 물에 붉은 연꽃이 잔잔한 바람을 만나 나부끼는 것 같다. 도련님 치마 벗겨 제쳐 놓고, 바지 속옷 벗길 적에 무한히 실랑이를 편다. 이리 굼실 저리 굼실 동해의 청룡이 굽이를 치는 듯한다.

"아이고 놓아요, 좀 놓아요."

"에라. 안 될 말이로다."

실랑이 중에 옷끈을 풀어 발가락에 딱 걸고서 끼어 안고

진득이 누르며 기지개를 켜니, 발길 아래로 옷이 떨어진다. 옷이 활딱 벗겨지니 형산의 흰 옥덩인들 이에 비할쏘냐. 옷이 활씬 벗어지니, 도련님 춘향의 거동을 보려 하고 슬그머니 놓으면서,

"아차차 손 빠졌다."

춘향이가 이불 속으로 달려든다. 도련님 왈칵 쫓아 들어 누워 저고리를 벗겨 내어 도련님 옷과 모두 함께 둘둘 뭉쳐 한편 구석에 던져 두고 둘이 안고 마주 누웠으니 그대로 잘 리가 있나. 한창 힘을 쓸 제, 삼베 이불 춤을 추고, 샛별 요강은 장단을 맞추어 청그렁 쟁쟁, 문고리는 달랑달랑, 등잔불은 가물가물. 맛이 있게 잘 자고 났구나. 그 가운데 재미있는 일이야 오죽하랴.

하루 이틀 지나가니 어린 것들이라 새로운 맛이 간간 새로워 부끄럼은 차차 멀어지고 그제는 희롱도 하고 우스운 말도 있어 자연 「사랑가」가 되었구나. 사랑으로 노는데 똑 이 모양으로 놀던 것이었다.

　　사랑 사랑 내 사랑이야
　　동정 칠백[77] 월하초(月下初)에 무산(巫山)같이 높은 사랑
　　목단무변수(目斷無邊水)[78]에 여천창해(如天滄海)[79]같이 깊
　　은 사랑

---

77) 중국 동정호의 둘레 칠백 리를 뜻한다.
78) 아득하게 펼쳐진 물.
79) 하늘같이 크고 넓은 바다.

옥산전[80] 달 밝은데 추산천봉(秋山千峰) 완월(翫月)[81]하던 사랑

증경학무(曾經學舞)[82] 하올 적 차문취소(借問吹簫)[83] 하던 사랑

유유낙일 월렴간(月簾間)[84]에 도리화개(桃李花開)[85] 비친 사랑

섬섬초월(纖纖初月)[86] 분백[87]한데 함소함태 숱한 사랑

월하(月下)에 삼생(三生) 연분 너와 나와 만난 사랑

허물없는 부부(夫婦) 사랑

화우동산(花雨東山)[88] 목단화(牧丹花)같이 펑퍼지고 고운 사랑

연평 바다 그물같이 얽히고 맺힌 사랑

은하(銀河) 직녀(織女) 직금(織錦)[89]같이 올올이 이은 사랑

청루미녀 침금(枕衾)같이 혼솔[90]마다 감친 사랑

시냇가 수양같이 청처지고 늘어진 사랑

---

80) 산 이름.
81) 가을 산 수많은 봉우리에서 달을 완상한다.
82) 일찍이 춤을 배우다.
83) 시험 삼아 퉁소를 불다.
84) 달빛을 받아 이루어진 주렴.
85) 복숭아 꽃과 배꽃이 피다.
86) 가늘고 긴 초승달.
87) 분처럼 희다.
88) 뜰에 꽃이 비처럼 떨어진다.
89) 비단을 짜다.
90) 홈질한 옷의 솔기.

남창북창[91] 노적같이 담불담불 쌓인 사랑

은장 옥장 장식같이 모모이 잠긴 사랑

영산홍록[92] 봄바람에 넘노나니 황봉백접(黃蜂白蝶)[93] 꽃을
물고 즐긴 사랑

녹수청강(綠水淸江) 원앙조격[94]으로 마주 둥실 떠노는 사랑

연년(年年) 칠월 칠석 야(夜)에 견우직녀 만난 사랑

육관대사 성진이가 팔 선녀와 노는 사랑

역발산 초패왕(楚覇王)이 우미인(虞美人) 만난 사랑

당나라 당명황이 양귀비 만난 사랑

명사십리 해당화같이 연연히 고운 사랑

네가 모두 사랑이로구나

어화 둥둥 내 사랑아, 어화 내 간간 내 사랑이로구나.

여봐라 춘향아 저리 가거라 가는 태도를 보자. 이만큼 오너
라 오는 태도를 보자. 빵긋 웃고 아장아장 걸어라 걷는 태도 보
자. 너와 나와 만난 사랑 연분을 팔자 한들 팔 곳이 어디 있나.
생전의 사랑 이러하니 어찌 사후의 기약 없을소냐. 너는 죽어
될 것 있다.

너는 죽어 글자 되어 땅 지(地) 자, 그늘 음(陰) 자, 아내 처(妻)
자, 계집 녀(女) 자 변이 되고, 나는 죽어 글자 되어 하늘 천(天)

---

91) 관청에 딸린 곳간의 이름.

92) 나무의 이름.

93) 벌과 나비.

94) 원앙새처럼.

자, 하늘 건(乾), 지아비 부(夫), 사내 남(男), 아들 자(子) 몸이 되어, 계집 녀(女) 변에다 딱 붙여 좋을 호(好) 자로 만나 보자. 사랑 사랑 내 사랑. 또 너 죽어 될 것 있다.

　너는 죽어 물이 되되 은하수, 폭포수, 만경창해수, 청계수(淸溪水), 옥계수(玉溪水), 일대장강 던져 두고 칠 년의 큰 가뭄 때도 항상 넉넉하게 흐르는 음양수(陰陽水)란 물이 되고, 나는 죽어 새가 되되 두견새도 되지 말고, 요지[95]의 청조(靑鳥), 청학, 백학이며, 대붕조 그런 새가 되지 말고, 쌍쌍이 오가며 떠날 줄 모르는 원앙조란 새가 되어 푸른 물에 원앙처럼 어화둥둥 떠놀거든 나인 줄 알려무나. 사랑 사랑 내 간간 내 사랑이야.

"아니 그것도 나 아니 될라오."

　그러면 너 죽어 될 것 있다.
　너는 죽어 경주의 인경[96]도 되지 말고
　전주의 인경도 되지 말고
　송도의 인경도 되지 말고
　서울 종로의 인경 되고
　나는 죽어 인경 치는 망치되어
　시간마다 길마재 봉화 세 자루 꺼지고 남산 봉화 두 자루 꺼

---

95) 중국 신화의 인물인 서왕모가 살았던 연못.
96) 옛날 통행금지를 알리기 위해 쳤던 종.

지면

인경 첫마디 치는 소리 그저 뎅뎅 칠 때마다
다른 사람 듣기에는 인경 소리로만 알아도
우리 속으로는 춘향 뎅 도련님 뎅이라 여겨 만나 보자꾸나.
사랑 사랑 내 간간 내 사랑이야.

"아니 그것도 나는 싫소."

그러면 너 죽어 될 것 있다.
너는 죽어 방아 구덩이가 되고
나는 죽어 방아 공이가 되어
경신년 경신일 경신시에 강태공이 만든 방아
그저 떨구덩 떨구덩 찧거들랑
나인 줄 알려무나.
사랑 사랑 내 간간 사랑이야.

춘향이 하는 말이,
"싫소. 그것도 내 아니 될라오."
"어찌하여 그런 말을 하냐?"
"나는 항시 어찌 이생이나 후생(後生)이나 밑으로만 되라니
까 재미없어 못 쓰겠소."
"그러면 너 죽어 위로 가게 하마. 너는 죽어 맷돌 윗짝이 되
고 나는 죽어 밑짝 되어 이팔청춘 아름다운 젊은 여자들이

섬섬옥수로 맷대를 잡고 슬슬 두르면, 둥근 하늘 네모진 당처럼 휘휘 돌아가거든 나인 줄 알려무나."

"싫소. 그것도 아니 될라오. 위로 생긴 것이 성질나게만 생기었소. 무슨 원수가 졌기에 일생 한 구멍이 더하니 아무것도 나는 싫소."

그러면 너 죽어 될 것 있다.
너는 죽어 명사십리 해당화가 되고
나는 죽어 나비 되어
나는 네 꽃송이 물고
너는 내 수염 물고
춘풍이 건듯 불거든
너울너울 춤을 추고 놀아 보자.
사랑 사랑 내 사랑이야
내 간간 사랑이지.
이리 보아도 내 사랑
저리 보아도 내 사랑.
이 모두 내 사랑 같으면
사랑 걸려 살 수 있나.
어화 둥둥 내 사랑
내 예쁜 내 사랑이야.
방긋방긋 웃는 것은 꽃 중의 왕 모란화가
하룻밤 가랑비에 반만 피고자 한 듯
아무리 보아도 내 사랑 내 간간이로구나.

"그러면 어쩌잔 말이냐. 너와 나와 유정(有情)하니 정자(情字)로 놀아 보자. 소리를 함께 내어 정(情) 자 노래나 불러 보세."

"들읍시다."

"내 사랑아 들어 봐라. 너와 나와 유정하니 어찌 아니 다정하리. 출렁이는 장강의 물 아득히 멀리서 온 손님의 정, 다리를 사이에 두고 차마 이별을 하지 못하고 강가의 나무만이 머금은 정, 남포에서 님과 이별하며 억누를 수 없는 애달픈 정, 한나라 태조 유방의 희우정,[97] 고관대작 백관조정, 절이 청정, 각씨의 친정, 친구끼리 나누는 정, 난세평정, 우리 둘이 천년 인정(千年人情), 달 밝고 별 드문 소상동정(瀟湘洞庭), 세상만물 조화정, 근심걱정, 소지 원정,[98] 주는 인정, 음식 투정, 복 없는 저 방정, 송정, 관정, 내정, 외정, 애송정, 천양정, 양귀비 침향정, 이비(二妃)의 소상정(瀟湘亭), 한송정, 백화만발 호춘정(好春亭), 완산 팔경 기린봉에 달 뜨는 백운정(白雲亭), 너와 나와 만난 정, 작정하고 만난 진실한 정, 말하자면 내 마음은 원형이정(元亨利貞), 네 마음은 일편탁정,[99] 이같이 다정타가 만일에 깨어지면 복통이 절정이라서 걱정되니 진정으로 고발하자는 그 정자(情字)다."

춘향이 좋아라고 하는 말이,

"정 속은 그만하면 되었소. 우리집 재수 있게 안택경[100]이

---

97) 정자 이름.
98) 억울함을 하소연하는 것.
99) 한 조각 맡긴 정.
100) 무당이 집터를 위해서 읽는 경문.

나 좀 읽어 주오."

도련님 허허 웃고,

"그뿐인 줄 아느냐. 또 있지야. 궁자(宮字) 노래를 들어 보아라."

"애고 얄궂고 우습다. 궁자 노래가 무엇이오?"

"네 들어 보아라. 좋은 말이 많으니라. 좁은 천지(天地) 교태궁, 뇌성벽력 풍우 속에 상서로운 기운이 풀려 있는 엄장한 창합궁,[101] 성덕이 넓으신데 술로 연못을 이루고 고기로 숲을 이룬 주지육림 웬 말인가 은임금의 대정궁(大庭宮), 진시황의 아방궁, 천하를 얻을 적에 한나라 태조의 함양궁, 그 곁에 장락궁, 반첩여의 장신궁, 당나라 현종의 상춘궁(賞春宮), 이리 올라서 이궁, 저리 올라서 별궁, 용궁 속의 수정궁, 월궁(月宮) 속의 광한궁(廣寒宮), 너와 나와 합궁하니 평생 무궁이라. 이궁(宮) 저 궁(宮) 다 버리고 네 두 다리 사이에 있는 수룡궁에 나의 힘줄 방망이로 길을 내자꾸나."

춘향이 반만 웃고,

"그런 잡담은 마시오."

"그게 잡담 아니로다. 춘향아 우리 둘이 업음질[102]이나 하여 보자."

"애고 참 잡상스러워라. 업음질을 어떻게 하여요."

업음질을 여러 번 한 것처럼 말하던 것이었다.

---

101) 하늘에 있는 궁전 이름.
102) 서로 업어 주는 것.

"업음질 천하 쉬우니라. 너와 내가 훨씬 벗고 업고 놀고 안고도 놀면 그게 업음질이지야."

"애고 나는 부끄러워 못 벗겠소."

"에라 요 계집아이야 안 될 말이로다. 내 먼저 벗으마."

버선, 대님, 허리띠, 바지, 저고리 훨씬 벗어 한편 구석에 밀쳐 놓고 우뚝 서니, 춘향이 그 거동을 보고 빵긋 웃고 돌아서며 하는 말이,

"영락없는 낮도깨비 같소."

"오냐 네 말 좋다. 천지만물이 짝 없는 게 없느니라. 두 도깨비 놀아 보자."

"그러면 불이나 끄고 노사이다."

"불이 없으면 무슨 재미 있겠느냐. 어서 벗어라 어서 벗어라."

"애고 나는 싫어요."

도련님 춘향 옷을 벗기려 할 제 뛰놀면서 어룬다. 만첩청산(萬疊靑山) 늙은 범이 살찐 암캐를 물어다 놓고 이가 없어 먹지는 못하고 흐르릉 흐르릉 아웅 어루는 듯, 북해흑룡(北海黑龍)이 여의주를 입에다 물고 오색구름 사이를 뛰노는 듯, 단산의 봉황(鳳凰)이 대나무 열매 물고 오동(梧桐) 속에서 뛰노는 듯, 한가로운 학과 두루미가 난초를 물고서 오동나무 소나무 사이에서 뛰노는 듯, 춘향의 가는 허리를 후리쳐 담쏙 안고 기지개 아드득 떨며, 귓밥도 쪽쪽 빨고 입술도 쪽쪽 빨면서 주홍 같은 혀를 물고, 오색단청 이불 안에서 쌍쌍이 날아드는 비둘기같이 꾹꿍 끙끙 으흥거려 뒤로 돌려 담쏙 안고 젖을 쥐고 발발 떨며 저고리, 치마, 바지 속옷까지 훨씬 벗겨 놓았

다. 춘향이 부끄러워 한편으로 잡치고 앉았을 제, 도련님 답답하여 가만히 살펴보니 얼굴이 달아올라 구슬땀이 송실송실 앉았구나.

"이애 춘향아 이리 와 업히거라."

춘향이 부끄러워하니,

"부끄럽기는 무엇이 부끄러워. 이왕에 다 아는 바니 어서 와 업히거라."

춘향을 업고 추켜올리며,

"아따 그 계집아이 똥집 장히 무겁다. 네가 내 등에 업히니까 마음이 어떠하냐?"

"엄청나게 좋소이다."

"좋냐?"

"좋아요."

"나도 좋다. 좋은 말을 할 것이니 네가 대답만 하여라."

"말씀 대답하올 테니 하여 보옵소서."

"네가 금(金)이지야?"

"금이라니 당치 않소. 팔 년이나 서로 싸웠던 초나라와 한나라 험한 시절, 여섯 번 신기한 계책을 내었던 진평이가 범아부[103]를 잡으려고 황금 사만(四萬)을 흩었으니, 금이 어이 남으리까."

"그러면 진옥(眞玉)이냐?"

"옥이라니 당치 않소. 만고영웅 진시황이 형산에서 옥을 캐

---

103) 항우를 도와 천하를 얻게 한 범증.

내 명필 이사의 글씨로 '하늘로부터 명을 받았으니 오래 살 것이며 길이 번창하리라'고 써서 옥새에 새겨 만세에 전해지니 옥이 어찌 되오리까."

"그러면 네가 무엇이냐. 해당화냐?"

"해당화라니 당치 않소. 명사십리가 아닌데 해당화가 되오리까."

"그러면 네가 무엇이냐? 밀화, 금패, 호박, 진주냐?"

"아니 그것도 당치 않소. 삼정승 육판서며, 대신이며 재상이며, 팔도방백 수령님네 갓끈과 풍잠[104] 다 만들고, 남은 것은 서울의 제일가는 명기(名妓)가 가락지를 무수히 다 만드니 호박, 진주 부당하오."

"네가 그러면 대모(玳瑁),[105] 산호(珊瑚)냐?"

"아니 그것도 내 아니오. 대모로 큰 병풍 만들고 산호로 난간을 만들어 남해의 신 광리왕의 상량문(上樑文)에 수궁보물(水宮寶物) 되었으니 대모, 산호가 부당이오."

"네가 그러면 반달이냐?"

"반달이라니 당치 않소. 오늘 밤이 초승달이 아니거든 내가 어찌 푸른 하늘에 돋은 반달이리이까?"

"네가 그러면 무엇이냐. 날 홀려 먹는 불여우냐? 네 어머니 너를 낳아 곱도 곱게 길러내어 나만 홀려 먹으라고 생겼느냐? 사랑 사랑 사랑이야 내 간간 내 사랑이야. 네가 무엇을 먹

104) 망건의 앞 이마에 대는 장식품.
105) 거북의 등껍질로 만든 보물의 일종.

으려느냐. 생밤, 삶은 밤을 먹으려느냐. 둥글둥글 수박 웃꼭지를 잘 드는 칼로 뚝 떼고 강릉에서 나는 좋은 꿀을 두루 부어 은수저로 붉은 점 한 점을 먹으려느냐?"

"아니 그것도 내사 싫소."

"그러면 무엇을 먹으려느냐. 시금털털 개살구를 먹으려느냐?"

"아니 그것도 내사 싫소."

"그러면 무엇을 먹으려느냐. 돼지 잡아 주랴 개 잡아 주랴? 내 몸을 통째 먹으려느냐?"

"여보 도련님. 내가 사람 잡아먹는 것 보았소?"

"에라 요것 안 될 말이로다. 어화 둥둥 내 사랑이지. 이 애 그만 내리려무나. 온갖 일에는 다 품앗이가 있느니라. 내가 너를 업었으니 너도 나를 업어야지."

"애고 도련님은 기운이 세어서 나를 업었거니와 나는 기운이 없어 못 업겠소."

"업는 수가 있느니라. 나를 돋워 업으려 하지 말고 발이 땅에 닿을 듯 말 듯하게 뒤로 젖힌 듯하게 업어다오."

도련님을 업고 툭 추켜 놓으니 몸이 뒤틀렸구나.

"애고 잡상스러워라."

이리 흔들 저리 흔들,

"내가 네 등에 업혀 놓으니 마음이 어떠하냐? 나도 너를 업고 좋은 말을 하였으니 너도 나를 업고 좋은 말을 하여야지."

"좋은 말을 하오리다. 들으시오. 은나라의 어진 재상 부열(傅說)이를 업은 듯, 강태공을 업은 듯, 가슴속에 큰 생각을 품었

으니 명망이 온 나라에 가득하다. 대신(大臣) 되어 주석지
신, 보국충신 모두 헤아리니 사육신을 업은 듯, 생육신을 업
은 듯, 일(日)선생 월(月)선생, 고운선생을 업은 듯, 제봉 고경명
을 업은 듯, 요동백을 업은 듯, 송강 정철을 업은 듯, 충무공을
업은 듯, 우암 송시열, 퇴계 이황, 사계 김장생, 명재 윤증을 업
은 듯. 내 서방이지 내 서방, 알뜰 간간 내 서방. 진사에 급제
하고 곧바로 한림학사 된 연후에 부승지, 좌승지, 도승지로 벼
슬이 올라 팔도방백(八道方伯) 지낸 후에 내직으로는 각신, 대
교, 복상, 대제학, 대사성, 판서, 좌의정, 우의정, 영의정, 규장
각 하신 후에, 내직으로는 삼천 개요 외직으로는 팔백 개 다
맡은 주석지신. 내 서방 알뜰 간간 내 서방이지.”

　제 손수 진물이 나오게 문질렀구나.

　“춘향아 우리 말놀음이나 좀 하여 보자.”

　“애고 참 우스워라. 말놀음이 무엇이오?”

　말놀음 많이 해 본 것처럼 하는 말이,

　“천하에 쉽지야. 너와 내가 벗은 김에 너는 온 방바닥을 기
어 다녀라. 나는 네 궁둥이에 딱 붙어서 네 허리를 잔뜩 끼고
볼기짝을 내 손바닥으로 탁 치면서, 이리 하거든 흐흥거려 한
발을 들고 물러서며 뛰어라. 야무지게 뛰게 되면 탈 승(乘) 자
노래가 있느니라.”

　“타고 놀자 타고 놀자. 황제였던 헌원씨(軒轅氏)가 방패와 창
쓰는 법을 익히니 사방에 안개를 자욱하게 끼도록 하고, 싸움
좋아하던 치우(蚩尤)를 탁녹야에서 사로잡고 승전고 울리면서
거룩한 수레에 높이 타고, 하나라 우임금이 구 년 동안 계속되

던 홍수를 다스릴 제 수레에 높이 타고, 적송자[106]는 구름 타고 여동빈[107]은 백로 타고, 이태백은 고래 타고, 당나라 시인 맹호연은 나귀 타고, 하늘의 신인 태을선인은 학을 타고, 중국의 황제는 코끼리를 타고, 우리 전하는 연[108]을 타고, 삼정승은 네 명이 끄는 평교자를 타고, 육판서는 초헌[109] 타고, 훈련대장은 수레 타고, 각 읍 수령은 말 한 리가 끄는 독교 타고, 남원부사는 별연[110]을 타고, 해 지는 강가의 고기잡이 노인은 일엽편주 도도히 타고, 나는 탈 것 없었으니 오늘 밤 깊은 시간 깊은 밤에 춘향 배를 넌짓 타고 홑이불로 돛을 달아 내 기계로 노를 저어 오목섬에 들어간다. 순풍에 음양수를 시름 없이 건너갈 제, 말이라고 생각하고 탈 것이면 걸음걸이가 없을쏘냐. 마부(馬夫)는 내가 되어 너의 고삐를 잡아 부산하게 건들건들 걸어라. 좋은 말이 뛰듯 뛰어라."

온갖 장난을 다 하고 보니 이런 장관이 또 있으랴. 이팔과 이팔 둘이 만나 미친 마음 세월 가는 줄 모르던가 보더라.

---

106) 고대 신선의 이름.
107) 당나라 사람으로 황소의 난을 피해 숨었는데 종적을 알지 못한다.
108) 임금이 타는 수레.
109) 이품 이상의 벼슬아치가 타는 높은 바퀴가 달린 수레.
110) 특별히 제작한 좋은 수레.

이별

이때 뜻밖에 방자 나와,

"도련님. 사또께옵서 부르시오."

도련님 들어가니 사또 말씀하시되,

"서울에서 동부승지 교지가 내려왔다. 나는 문서나 장부를 처리하고 갈 것이니 너는 식구들을 데리고 내일 바로 떠나거라."

도련님 아버지 명을 듣고 한편으로 반갑고 다른 한편으로는 춘향을 생각하니 흉중이 답답하다. 사지에 맥이 풀리고 간장이 녹는 듯, 두 눈에서 더운 눈물이 펄펄 솟아 옥 같은 얼굴을 적시거늘. 사또 보시고,

"너 왜 우느냐. 내가 남원에서 평생 살 줄 알았더냐. 내직(內職)으로 승진하였으니 섭섭하게 생각 말고 오늘부터 짐을 급

히 꾸려 내일 오전 중에 떠나거라."

겨우 대답하고 물러나와 내아(內衙)로 들어간다. 사람이 직위고하를 막론하고 모친과는 거리낌이 적은지라. 춘향이 얘기를 울며 하다가 꾸중만 실컷 듣고 춘향의 집으로 간다. 설움은 기가 막히나 노상에서 울 수 없어 참고 나오는데 속에서 부글부글 끓는지라. 춘향 문전 당도하니 통째 건더기째 왈칵 쏟아져 놓으니,

"어푸 어푸 어허."

춘향이 깜짝 놀라 왈칵 뛰어 내달아,

"애고 이게 웬일이오? 안으로 들어가시더니 꾸중을 들으셨소? 오시다가 무슨 분한 일을 당하여 계시오? 서울서 무슨 기별이 왔다더니 상복 입을 일이 생겼소? 점잖으신 도련님이 이것이 웬일이오?"

춘향이 도련님 목을 담쏙 안고 치맛자락을 걷어잡고 옥 같은 얼굴에 흐르는 눈물을 이리 씻고 저리 씻으면서,

"울지 마오. 울지 마오."

도련님 기가 막혀 울음이란 것이 말리는 사람이 있으면 더 울던 것이었다. 춘향이 화를 내어,

"여보 도련님! 우는 입 보기 싫소. 그만 울고 까닭이나 말해 보오."

"사또께옵서 동부승지가 되셨단다."

춘향이 좋아하여,

"댁의 경사요. 그러면 왜 운단 말이오?"

"너를 버리고 갈 터이니 내 아니 답답하냐."

"언제는 남원 땅에서 평생 사실 줄로 알았겠소. 나와 어찌 함께 가기를 바라리오. 도련님 먼저 올라가시면 나는 여기서 팔 것 팔고 추후에 올라갈 것이니 아무 걱정 마시오. 내 말대로 하면 궁색하지 않고 좋을 것이요. 내가 올라가더라도 도련님 큰 댁으로 가서 살 수 없을 것이니 큰 댁 가까이 방이나 두엇 되는 조그마한 집이면 족하오니 염탐하여 사 두소서. 우리 식구가 가더라도 공밥 먹지는 아니할 터이니 그렁저렁 지내다가, 도련님 나만 믿고 장가 아니 갈 수 있소. 부귀공명 재상가 요조숙녀를 가리어서 혼인할지라도 아주 잊지는 마옵소서. 도련님 과거 급제하여 벼슬 높아 임지로 떠나가서 신임 관리로 행차할 때 마마로 내세우면 무슨 말이 되오리까? 그리 알아 조처하오."

"그게 이를 말이냐. 사정이 그렇기로 네 얘기를 아버님께는 못 여쭈고 어머님께 여쭈오니 꾸중이 대단하시더라. 양반 자식이 부형(父兄) 따라 지방에 왔다가 기생집에서 첩을 만나 데려가면 앞날에도 좋지 않고 조정에 들어 벼슬도 못한다더구나. 불가불 이별이 될밖에 별수 없다."

춘향이 이 말을 듣더니 별안간 얼굴색을 바꾸며 안절부절이라. 붉으락푸르락 눈을 가늘게 뜨고 눈썹이 꼿꼿하여지면서 코가 벌렁벌렁하며 이를 뽀드득 뽀드득 갈며, 온몸을 수수잎 틀 듯하고 매가 꿩을 꿰차는 듯하고 앉더니,

"허허 이게 웬 말이오."

왈칵 뛰어 달려들며 치맛자락도 와드득 좌르륵 찢어 버리고 머리도 와드득 쥐어뜯어 싹싹 비벼 도련님 앞에다 던지면서,

"무엇이 어쩌고 어째요. 이것도 쓸 데 없다."

거울이며 빗이며 두루 쳐 방문 밖에 탕탕 부딪치며, 발도 동동 굴러 손뼉치고 돌아앉아 자탄가(自嘆歌)로 우는 말이,

> 서방 없는 춘향이가 세간살이 무엇하며
> 단장하여 뉘 눈에 사랑받을꼬?
> 몹쓸 년의 팔자로다
> 이팔청춘 젊은 것이 이별 될 줄 어찌 알랴
> 부질없는 이내 몸을
> 허망하신 말씀 때문에
> 신세 버렸구나.
> 애고 애고 내 신세야.

천연히 돌아앉아,

"여보 도련님. 이제 막 하신 말씀 참말이요 농담이요. 우리 둘이 처음 만나 백년언약 맺은 일도 대부인 사또께옵서 시키시던 일이오니까? 웬 핑계요. 광한루에서 잠깐 보고 내 집에 찾아와서 밤 깊어 인적 없는 한밤중에 도련님은 저기 앉고 춘향 나는 여기 앉아 날더러 하신 말씀, 오월 단오 밤에 내 손길 부여잡고 우둥퉁퉁 밖에 나와 맑은 하늘 천 번이나 가리키며 굳은 언약 어기지 않겠노라고 만 번이나 맹세하기에 내 정녕 믿었더니 결국 가실 때는 톡 떼어 버리시니 이팔청춘 젊은 것이 낭군 없이 어찌 살꼬. 가을 길고도 깊은 밤 외로운 방에 홀로 님 생각 어찌할꼬. 모질도다 모질도다 도련님이 모질도

다. 독하도다 독하도다 서울 양반 독하도다. 원수로다 원수로다 존비귀천(尊卑貴賤) 원수로다. 천하에 다정한 게 부부간 정이건만 이렇듯 독한 양반 이 세상에 또 있을까. 애고 애고 내 일이야. 여보 도련님 춘향 몸이 천하다고 함부로 버려도 되는 줄로 알지 마오. 박명한 신세 춘향이가 입맛 없어 밥 못 먹고 잠이 안 와 잠 못 자면 며칠이나 살 듯하오. 사랑에 병이 들어 애통해하다가 죽게 되면 가련한 내 영혼은 억울하게 죽은 귀신이 될 것이니, 존귀하신 도련님께 그것은 어찌 재앙 아니리오? 사람 대접을 그리 마오. 사람을 대하는 법이 그런 법이 왜 있을꼬. 죽고 지고 죽고 지고. 애고 애고 설운지고.”

한참 이리 진이 빠지도록 서럽게 울 때 춘향 어미는 전후사정도 모르고,

“애고 저것들 또 사랑싸움이 났구나. 어 참 아니꼽다. 눈구석에 쌍 가래톳 설 일 많이 보네.”

그런데 아무리 들어도 울음이 너무 길구나. 하던 일을 미뤄 놓고 춘향 방 창문 밖으로 가만가만 들어가서 보니 아무리 들어도 이별이로구나.

“허허 이것 별일 났다.”

두 손뼉 땅땅 마주 치며,

“허 동네 사람 다 들어 보오. 오늘로 우리 집에 사람 둘 죽습네.”

방 사이에 놓인 마루에 훌쩍 올라 창문을 두드리며 우루룩 달려들어 주먹으로 겨누면서,

“이년 이년 썩 죽어라. 살아서 쓸데없다. 너 죽은 시체라도 저

양반이 지고 가게. 저 양반 올라가면 뉘 간장을 녹이려냐. 이
년 이년 말 듣거라. 내 항상 이르기를 후회하기 십상이니 도도
한 마음 먹지 말라고 하지 않았더냐. 보통 사람 가리어서 형
편과 신분이 너와 같고 재주 인물이 모두 너와 같은 봉황의
짝을 얻어 내 앞에 노는 모습을 내 눈으로 보면 너도 좋고 나
도 좋지. 마음이 고상하여 남과 유별나게 다르더니 잘 되고 잘
되었다."

　　두 손뼉 꽝꽝 마주 치면서 도련님 앞에 달려들어,

　　"나와 말 좀 하여 봅시다. 내 딸 춘향을 버리고 간다 하니
무슨 죄로 그러시오. 춘향이 도련님 모신 지 거진 일 년 되었
으되 행실이 그르던가 예절이 그르던가 바느질이 그르던가 언
어가 불순하던가 잡스러운 행실 가져 기생처럼 음란하던가? 무
엇이 그르던가? 이 봉변이 웬일인가. 칠거지악이 아니면 군자
가 숙녀를 버리지 못하는 법을 모르던가? 내 딸 춘향 어린 것
을 밤낮으로 사랑할 제, 안고 서고 눕고 지고 백 년 삼만육천
일에 떠나 살지 말자 하며 밤낮으로 달래더니, 결국 가실 제
는 뚝 떼어 버리시니 버들가지 천만 갈래인들 가는 춘풍(春
風) 어이하며 꽃이 떨어져 낙엽 되면 어느 나비가 다시 올까. 백
옥 같은 내 딸 춘향의 꽃다운 얼굴과 몸도 세월을 못 이겨 장
차 늙어져 홍안(紅顔)이 백발 된다. 시절이여, 시절이여 다시
돌아오지 않는구나. 다시 젊든 못하나니 무슨 죄가 그리 많아
백년을 허송세월 하오리까. 도련님 가신 후에 내 딸 춘향이 님
을 그릴 때 달 맑고 밝은 깊은 밤에 첩첩이 쌓인 근심. 어린 것
이 남편 생각 절로 나서 초당 앞 꽃계단 위에서 담배 피워 입

에다 물고 이리저리 다니다가 불꽃 같은 그리움이 솟아나 손을 들어 눈물 씻고 후유 하고 한숨 길게 쉬고, 북쪽을 가리키며 한양에 계신 도련님도 나와 같이 근심하시는가 아니면 무정하여 아주 잊고 편지 한 장도 아니 하신가. 긴 한숨에 듣는 눈물, 고운 얼굴 붉은 치마 다 적시고, 저의 방으로 들어가서 옷도 아니 벗고 외로운 베개 위에 벽만 안고 돌아누워 밤낮으로 긴 한숨 쉬며 우는 것은 병 아니고 무엇이오. 님 그리워서 깊이 든 병을 내가 구하지 못하고 원통히 죽게 되면, 칠십 세 먹은 늙은 것이 딸 잃고 사위 잃고, 태백산의 갈가마귀 게발 물어다가 던지듯이[111] 혈혈단신 이 내 몸이 뉘를 믿고 살잔 말고. 남 못할 일 그리 마오. 애고 애고 설운지고. 못하지요. 몇 사람 신세를 망치려고 아니 데려가오. 도련님 대가리가 둘 달렸소. 애고 애고 무서워라 이 몰인정한 사람아."

왈칵 뛰어 달려든다. 이 말이 만일 사또께 들어가면 큰 야단이 나게 생겼으니,

"여보소 장모. 춘향만 데려갈 것이니 그만두오."

"그래 아니 데려가고 견뎌 낼까."

"너무 거세게 굴지 말고 여기 앉아 말 좀 듣소. 춘향을 데려간대도 좋은 가마에 말을 끌어 가자 하니 필경에 소문이 날 것인즉 다른 도리가 없소. 내 기가 막히는 중에 꾀 하나를 생각하고 있네마는 이 말이 입 밖에 나면 양반 망신만 하는 게 아니라 우리 선조 양반이 모두 망신할 말이로세."

111) 갈가마귀가 게발을 물어다가 어디로 던져 놓는지 모른다는 뜻.

"무슨 말이기에 그리 좋은 생각이 있단 말인가?"

"내일 식구들이 나오실 때, 그 뒤를 따라 사당¹¹²⁾이 나올 테니 배행(陪行)은 내가 하겠네."

"그래서요?"

"그만하면 알지."

"나는 그 말 모르겠소."

"신주(神主)는 모셔 내어 내 웃옷 소매에다 모시고, 춘향은 요여(腰輿)¹¹³⁾에다 태워 갈밖에 다른 수가 없네. 걱정 말고 염려 마소."

춘향이 그 말 듣고 도련님을 물끄러미 바라보더니,

"마소 어머니. 도련님 너무 조르지 마소. 우리 모녀 평생 신세 도련님 손에 달렸으니 알아서 하라고 당부나 하오. 이번은 아마도 이별할밖에 수가 없네. 이왕에 이별이 될 바에는 가시는 도련님을 왜 조르리까마는 우선 갑갑하여 그러하지. 내 팔자야. 어머니 건넌방으로 가옵소서. 내일은 이별이 될 것인가 보오. 애고 애고 내 신세야. 이별을 어찌할꼬. 여보 도련님."

"왜야?"

"여보 참으로 이별을 할 테요."

촛불을 돋워 켜고 둘이 서로 마주앉아 갈 일을 생각하고 보낼 일을 생각하니 정신이 아득하고 한숨 나고 눈물겨워 목 메어 울면서 얼굴도 대어 보고 손발도 만져 보며,

---

112) 조상들의 신주, 위패를 모셔 놓은 집.
113) 혼백과 신주를 모시고 돌아오는 상여의 일종.

"날 볼 날이 몇 밤이오. 주위 눈길 피해 가며 이리 보는 것도 오늘 밤이 마지막이니 나의 설운 사정 들어 보오. 나이 육순 나의 모친 일가친척 하나 없고 다만 독녀(獨女) 나 하나라. 도련님께 의탁하여 영귀(榮貴)할까 바랐더니, 조물(造物)이 시기하고 귀신이 훼방놓아 이 지경이 되었구나. 애고 애고 내일이야. 도련님이 올라가면 나는 뉘를 믿고 사오리까. 쌓이고 쌓인 걱정과 나의 회포, 밤낮으로 어이하리. 배꽃, 복숭아꽃 만발할 적에 물가에 나가 어찌 놀며, 국화꽃, 단풍 늘어갈 제 그 높은 절개 어찌 숭상할꼬. 독수공방 긴긴 밤에 전전반측 어이하리. 쉬느니 한숨이요 뿌리느니 눈물이라. 적막강산 달 밝은 밤에 두견새 울음소리를 어이하리. 바람과 서리 몰아쳐도 절개를 지켜 만 리 길을 마다않고 짝 찾는 저 기러기 울음소리를 뉘라서 그치게 하오며, 춘하추동 사시절에 첩첩이 쌓인 경치를 보는 것도 근심이요 듣는 것도 근심이라."

애고 애고 설워 울 제 이 도령 이른 말이,

"춘향아 울지 마라. '남편은 변방인 소관에 있고 아내는 오나라에 있네.'114)란 시처럼 소관에 있는 남편과 오나라에서 타향살이 하는 아내가 님 그리워서 규중심처(閨中深處)에서 늙어 있고, '먼길 떠나는 길손이 관산으로 향하는 길이 얼마나 험할꼬.'115)란 시에 나오는 관산의 길손도 있고, 곱디고운 연밥 따는 여인도 부부 사랑 극진하다가 적막한 가을 강산에서

114) 부수소관첩재오(夫戌蕭關妾在吳). 당나라 왕가(王駕)의 시 구절.
115) 정객관산로기중(征客關山路幾重). 왕발(王勃)의 「채연곡(採蓮曲)」의 한 구절.

연을 키우며 그리워한다. 그러니 나 올라간 뒤에라도 푸른 하늘에 달이 밝거든 그런 그리움일랑 부디 말아라. 너를 두고 가는 내가 하루를 고루 나누어 열두 시간을 쪼갠들 어찌 무심하랴. 울지 마라 울지 마라."

춘향이 또 울며 하는 말이,

"도련님 올라가면 살구꽃 피는 봄날 거리마다 술을 권할 것이며, 기생집의 아름다운 여색을 집집마다 보실 것이며, 가는 곳마다 풍악 소리 울릴 것이라. 색 밝히시는 도련님이 밤낮으로 호강하며 노실 때, 나 같은 시골 천한 계집이야 손톱만큼이나 생각하오리까. 애고 애고 내 일이야."

"춘향아 울지 마라. 한양성 남북촌(南北村)에 아름다운 여인 많건마는 규중심처 깊은 정은 너밖에 없었으니, 이 아무리 대장부인들 잠시라도 잊을쏘냐."

서로 피차 기가 막혀 이별을 아쉬워하며 떠나지 못할지라. 이때 도련님 모시고 갈 하인이 헐떡헐떡 들어오며,

"도련님 어서 행차하옵소서. 안에서 야단났소. 사또께옵서 도련님 어디 가셨느냐 하옵기에 소인이 여쭙기를 놀던 친구와 작별하러 문밖에 잠깐 나가셨노라 하였사오니 어서 행차하옵소서."

"말 대령하였느냐?"

"말 마침 대령하였소."

백마는 떠나자고 길게 우는데
여인은 이별이 안타까워 옷깃을 부여잡는구나.

백마욕거장시(白馬欲去長嘶)하고

청아석별견의(靑娥惜別牽衣)로다.

　말은 가자고 네 굽을 치는데 춘향은 마루 아래 툭 떨어져
도련님 다리를 부여잡고,

　"날 죽이고 가면 가지 살리고는 못 가고 못 가느니."

　말 못하고 기절하니 춘향 어미 달려들어,

　"향단아 찬물 어서 떠 오너라. 차를 달여 약 갈아라. 네 이
몹쓸 년아. 늙은 어미 어쩌라고 몸을 이리 상하느냐."

　춘향이 정신 차려,

　"애고 갑갑하여라."

　춘향 어미 기가 막혀,

　"여보 도련님, 남의 생때같은 자식을 이 지경을 만들다니 이
게 웬일이오. 슬피 우는 우리 춘향 애통하여 죽게 되면 혈혈단
신 이내 신세 뉘를 믿고 산단 말인고."

　도련님 어이없어,

　"이봐 춘향아 네가 이게 웬일이냐. 나를 영영 안 보려느
냐. '해 질 무렵 다리 아래에서 근심이 구름처럼 일어나네.'[116]
라고 한 것은 소통국(蘇通國)[117]의 모자(母子) 이별, '먼길 떠
나는 길손이 관산으로 향하는 길이 얼마나 험할꼬.'라 한 것
은 오나라 아내와 월나라 아내들의 부부 이별, '수유꽃을 머

---

116) 하량낙일수운기(河梁落日愁雲起). '하량'은 강에 있는 다리란 뜻으로
이별하는 장소를 뜻한다.
117) 한나라 소무(蘇武)의 아들.

84

리에 꽂았으나 한 사람이 없도다.'[118]라고 한 것은 용산[119]에서의 형제 이별, '서역으로 양관을 나서면 아는 사람이 없구나.'[120]라고 한 것은 위성[121]에서의 붕우(朋友) 이별. 그런 이별 많아도 소식을 들을 때가 있고 살아서 만날 날이 있었으니, 내가 이제 올라가서 장원급제하여 너를 데려갈 것이니 울지 말고 잘 있거라. 울음을 너무 울면 눈도 붓고 목도 쉬고 골머리도 아프니라. 돌이라도 망부석은 천만년이 지나가도 광석 될 줄 모르고, 나무라도 상사목은 창 밖에 우뚝 서서 일 년 봄날 다 지나되 잎이 필 줄 모르고, 병이라도 마음이 슬퍼 생긴 훼심병은 오매불망하다가 죽느니라. 네가 나를 보려거든 설워 말고 잘 있거라."

춘향이 별수 없어,

"여보 도련님. 내가 주는 술이나 마지막으로 잡수시오. 행찬[122] 없이 가실진대 나의 찬합 가져가서 숙소 잠자리에서 날 본 듯이 잡수시오. 향단아 찬합, 술병 내오너라."

춘향이 한잔 술 가득 부어 눈물 섞어 드리면서 하는 말이,

"한양성 가시는 길에 강가의 나무 푸르고 푸르거든 멀리서 정을 품고 있는 사람을 생각하소. 아름다운 계절 가랑비가 분

---

118) 편삽수유소일인(編揷茱萸少一人). 왕유(王維)의 시 구절.
119) 중국의 산 이름.
120) 서출양관무고인(西出陽關無故人). 양관은 서역으로 통하는 관문. 왕유의 시 구절.
121) 중국의 지명.
122) 여행 갈 때 가져가는 반찬.

분히 내리면 길가는 사람의 애를 태우나니, 말 위에서 피곤하여 병이 날까 염려 되오니 일찍 들어 주무시고, 아침에 바람 불고 비 오면 늦게야 떠나시며, 채찍 하나뿐인 천리마에 모실 사람 없사오니 천금귀체 매사에 부디 조심하옵소서. 녹음 우거진 서울에 평안히 행차하옵신 후 한 자 소식이나 듣사이다. 종종 편지나 하옵소서."

도련님 하는 말이,

"소식 듣기 걱정 마라. 요지(瑤地)의 서왕모(西王母)도 주목왕(周穆王)을 만나려고 한 쌍 푸른 새를 몸소 불러 수천 리 먼먼 길에 소식 전하였고, 한무제(漢武帝) 때 중랑장 손무는 상림원[123] 임금 앞에서 긴 비단 편지를 보았으니 흰 기러기 푸른 새 없을망정 남원으로 가는 인편 없을쏘냐. 슬퍼 말고 잘 있거라."

말을 타고 하직하니 춘향이 기가 막혀 하는 말이,

"우리 도련님이 '가네 가네' 하여도 거짓말로 알았더니 말타고 돌아서니 참으로 가는구나."

춘향이가 마부더러,

"마부야. 내가 문밖에 나설 수가 없으니 잠깐 지체하여 말을 붙들어 서라. 도련님께 한 말씀 여쭐란다."

춘향이 내달아,

"여보 도련님. 인제 가시면 언제나 오시려오? 사시사철 소식 끊어질 절(絶), 보내나니 아주 영절(永絶), 녹죽창송(綠竹蒼

---

123) 한무제가 이용했던 황제의 정원.

松) 속 백이숙제(伯夷叔齊)의 만고충절(萬古忠節), 깊은 산 속 나는 새 끊어질 조비절(鳥飛絶), 와병(臥病) 중에 인사절(人事絶), 죽절(竹節), 송절(松節), 춘하추동 사시절, 끊어져 단절, 분절, 훼절, 도련님은 날 버리고 박절하게 가시니 속절없는 나의 정절. 독수공방 수절할 제 어느 때에 절개를 깨뜨릴꼬. 첩의 한 맺힌 마음, 슬프고 외로운 절개, 밤낮으로 생각해도 끊이지 않을 적에 부디 소식 돈절 마오."

대문 밖에 거꾸러져 섬섬한 두 손길로 땅을 꽝꽝 치며,

"애고 애고 내 신세야."

'애고' 하는 소리는 쓸쓸하고 황량하기 그지없구나. 엎어지며 자빠질 제, 서운치 않게 갈 양이면 몇 날이 걸려도 시원찮구나. 그러나 도련님 타신 말은 빠른 말 좋은 채찍이 아니냐. 도련님 눈물을 흘리고 훗날 기약을 당부하고서 말을 채찍 쳐 가는 모습은 미친 바람에 날려 가는 조각구름 같다.

이때 춘향이 할 수 없이 자던 침실로 들어가서,

"향단아. 주렴 걷고 자리 밑에 베개 놓고 문 닫아라. 도련님을 살아서는 만나 보기 망연하니 잠이나 들면 꿈에서나 만나 보자. 예로부터 이르기를 꿈에 와 보이는 님은 미덥지 못하다고 일렀건만 답답하여 그리울 땐 꿈 아니면 어이 보리."

꿈아 꿈아, 네 오너라.
첩첩이 쌓인 근심 한이 되어
꿈을 이루지 못하면 어찌하랴
애고 애고 내 일이야.

만사(萬事) 중에 인간 이별

독수공방 어이하리.

상사불견[124] 나의 심경 그 뉘라서 알아 주리.

이런저런 미친 마음

흐트러진 근심 후려쳐 다 버리고

자나 누우나 먹고 깨나 님 못 보아 가슴 답답

예쁜 모습 고운 소리 귀에 쟁쟁

보고 지고 보고 지고 님의 얼굴 보고 지고

듣고 지고 듣고 지고 님의 소리 듣고 지고.

전생에 무슨 원수로 우리 둘이 생겨나서

그리운 사랑 한 곳에서 만나 잊지 말자고 한 처음 맹세

죽지 말고 한 곳에 있자고 백년기약 맺은 맹세

천금이며 보물이며 생각 없고

세상사 모든 일이 필요없다.

근원에서 흘러내려 물이 되고

깊고 깊고 다시 깊고

사랑 모여 산이 되어

높고 높고 다시 높아 끊어질 줄 모르거든

무너질 줄 어찌 알리.

귀신이 훼방 놓고 조물이 시기한다

하루 아침에 낭군을 이별하니

어느 날에 만나 보리.

---

124) 사랑하지만 만나지 못하는 것.

온갖 근심, 맺힌 한이 가득하여

끝끝내 서러워라.

꽃다운 얼굴 아름다운 머리칼이

헛되이 늙어가니 세월이 무정하다

오동추야 달 밝은 밤은

어찌 그리 더디 새며

녹음방초 비낀 곳에

해는 어이 더디 가는고.

이 그리움 알면 님도 나를 그리련만

독수공방 홀로 누워 다만 한숨이 벗이 되고

굽이굽이 사무친 마음 썩고 썩어

솟아나는 것은 눈물이라.

눈물 모여 바다 되고

한숨지어 청풍 되면

나뭇잎 배 물어 타고

한양 낭군 찾으련만

어찌 그리 못 보는고.

비 온 후 달 밝은 밤

간절히 바라지만 허사로다

높이 솟은 달과 두우성125)은

님 계신 곳에 비치련만

마음속에 앉은 근심은

---

125) 별 이름.

나 혼자뿐이로다.

야색(夜色)이 창망한데

외롭게 비치는 것은

창밖의 반딧불이로다.

밤은 깊어 삼경인데

앉았은들 님이 올까

누웠은들 잠이 오랴.

님도 잠도 아니 온다.

이 일을 어이하리.

아마도 원수로다.

기쁨이 다하면 슬픔이 오고

괴로움이 다하면 즐거움이 올까

기다림도 적지 않고 그리움도 오래로다.

일촌간장(一寸肝腸) 굽이굽이 맺힌 한을

님 아니면 누가 풀꼬.

하늘은 굽이 살피시어

빨리 보게 하옵소서.

다하지 못한 사랑 다시 만나

백발이 다 닳도록 이별 없이 살고 지고.

묻노라 녹수청산아.

우리 님의 초췌한 행색

슬피 이별한 후에 소식조차 끊어졌다.

사람이 목석이 아니라면

님도 응당 느끼리라.

애고 애고 내 신세야.

하늘을 우러러 탄식하며 세월을 보낸다. 이때 도련님은 올
라갈 적에 숙소마다 잠 못 이뤄, 보고 지고 나의 사랑 밤낮으
로 보고 지고. 그리운 우리 사랑, 날 보내고 그리는 마음 속히
만나 풀리라. 날이 갈수록 마음 굳게 먹고 과거급제하여 외직
으로 나가기를 바라더라.

변학도의 부임과 수청 거부

이때 몇 달 만에 신관 사또가 부임하니 자하골 변학도라 하는 양반이라. 문필도 볼 만하고 인물 풍채 활달하고 풍류에 통달하여 외입 또한 좋아하되, 한갓 흠이 성격이 괴팍한 중에 가끔씩 미친 듯이 날뛰는 증상을 겸하여 혹 실덕(失德)도 하고 잘못 처결하는 일이 간간이 있는 것이라. 세상에 아는 사람은 다 고집불통이라 하것다.

부하 관리들이 사또를 맞이하러 간다.

"부하 관리들 대령이오."

"이방이오."

"감상[126]이오."

---

126) 음식을 점검하는 하급 관리.

"수배127)요."

"이방 부르라."

"이방이오."

"그사이 너희 고을에 일이나 없느냐."

"예. 아직 무고합니다."

"네 고을 관청 노비들이 삼남에서 제일이라지?"

"예. 부림직하옵니다."

"또 네 고을에 춘향이란 계집이 매우 예쁘다지?"

"예."

"잘 있냐?"

"무고하옵니다."

"남원이 여기서 몇 린고?"

"육백삼십 리로소이다."

마음이 바쁜지라,

"급히 갈 준비를 하라."

사또 모시러 관리들이 물러나와,

"우리 고을에 일이 났다."

이때 신관 사또 출행 날을 급히 받아 부임하러 내려올 제 위의도 장할시고. 구름 같은 별연(別輦)과 가마 좌우로 푸른 휘장 떡 벌이고, 좌우편에서 부축하는 하인은 진한 모시 관복에 흰 모시 전대128)를 엇비슷하게 눌러 매고, 거북등 관자129) 달

---

127) 으뜸가는 하급 관리.
128) 군복에 띠는 띠.
129) 망건 당줄을 꿰는 작은 고리.

린 통영갓을 이마에 눌러 숙여 쓰고 푸른 휘장 줄 질끈 잡고,

"에라 물러섰거라. 비키거라."

잡인을 금하는 소리가 지엄하고,

"좌우 하인들은 말고삐 조심하고, 가마 뒤쪽 매는 사람은 힘을 내라."

통인 한 쌍은 벙거지를 쓰고 행차 뒤를 따르고, 수배, 감상, 공방이며 마중 나간 이방이 위엄 있어 보인다. 하인 한 쌍, 사령 한 쌍은 앞에서 긴 양산을 들고 큰길가에 갈라 서고, 흰 비단 양산 한복판에 남빛 비단으로 선을 두르고 주석(朱錫) 고리 어른어른 호기 있게 내려올 제, 전후에서 '쉬 물렀거라' 하는 소리는 청산(靑山)에 메아리치고 말을 재촉하는 높은 소리에 백운(白雲)이 흩어진다. 전주에 도착하여 경기전(慶基殿)[130] 객사[131]에서 임금의 명령을 읽는 의식을 거행한다. 영문(營門)에 잠깐 들렀다가 좁은목[132] 썩 내달아 만마관, 노구바위[133] 넘어 임실을 얼른 지나 오수에 들러 점심 먹고 곧장 임지로 들어간다. 오리정으로 들어갈 제, 장수가 나와 호위하고 육방(六房) 하인들은 청도기[134]를 들고 인도한다. 이때 청도기 한 쌍, 홍문기(紅門旗)[135] 한 쌍, 주작기(朱

---

130) 태조의 영정을 봉안한 곳.
131) 다른 곳에서 오는 관리를 대접하고 묵게 하던 집.
132) 전주 부근의 지명.
133) 만마관은 전주와 임실 사이에 있는 고개 이름이며, 노구바위는 만마관과 임실 사이에 있다.
134) 군기(軍旗)의 일종.
135) 붉은 깃발. 충신과 효자, 열녀 등을 기리기 위해 세우는 깃발.

雀旗) 좌우에 붉은 바탕 초록 무늬 깃발 홍초남문 한 쌍, 청룡기(靑龍旗) 좌우에 남색 깃발 한 쌍, 현무기(玄武旗) 좌우에 검은 바탕 붉은 무늬 깃발 한 쌍, 등사기(螣蛇旗),[136] 순시기(巡視旗) 한 쌍, 영기(令旗) 한 쌍이 벌여 있다. 그 아래로 집사한 쌍, 군기를 관리하는 무관 한 쌍, 군노(軍奴) 열두 쌍이 벌였으니 좌우가 요란하다. 행군하는 군악 소리 성 동쪽에 진동하고, 삼현육각(三絃六角)[137]에 말 재촉하는 소리는 원근에 낭자하다. 광한루에 진을 치고 옷을 갈아 입고, 임금 명을 선포하러 가마 타고 객사로 들어간다. 백성에게 엄숙하게 보이려고 눈을 부리나케 뜨고 객사에 들었다가 동헌에 자리 잡고 도임을 축하하는 상 받아 잡순 후,

"행수[138]는 문안이오."

행수, 군관(軍官)이며 육방의 관리들 인사받고, 사또가 분부하되,

"수노[139] 불러 기생 점고[140]하라."

호장이 분부 듣고 기생 명부 들여 놓고 차례로 호명을 하는데, 하나하나마다 글귀를 붙여 부르던 것이었다.

"비 온 후의 동산(東山). 명월이."

---

136) 주작기 등과 마찬가지로 오방 깃발의 하나. 등사는 뱀의 일종으로 상상 속의 동물.
137) 국악의 전형적인 악기 편성법의 하나. 피리가 둘, 대금, 해금, 장구, 북이 하나씩 구성된다.
138) 하급 관리인 아전들의 두목.
139) 관청 노비의 우두머리.
140) 하나하나 점을 찍어 가며 수를 헤아리는 것.

명월이가 들어오는데 치맛자락을 거듬거듬 걷어다가 가는 허리, 가슴 가운데 딱 붙이고 아장아장 들어오더니,

"점고 맞고 나가오."

"고기잡이배는 물을 따라 봄 산을 사랑하는데, 양편에 난만한 고운 춘색(春色)이 바로 이것이 아니냐. 도홍이."

도홍이가 들어오는데 붉은 치맛자락을 걷어 안고 아장아장 조촘 걸어 들어오더니,

"점고 맞고 나가오."

"단산(丹山)에 저 봉이 짝을 잃고 벽오동에 깃들이니 산수(山水)의 영물이요 날짐승의 정기로다. 굶주려도 먹지 않는 굳은 절개. 만수문(萬壽門) 앞의 채봉이."

채봉이가 들어오는데 치마 두른 허리 맵시 있게 걷어 안고 연꽃처럼 고운 발걸음을 정히 옮겨 아장아장 걸어 들어와,

"점고 맞고 사또 안전으로 나가오."

"청정(淸淨)한 연꽃, 굳은 절개. 저 연꽃같이 어여쁘고 고운 태도 꽃 중의 군자. 연심이."

연심이가 들어오는데 치마를 걷어 안고 비단버선에 꽃신 끌면서 아장 걸어 가만가만 들어오더니,

"사또 안전으로 나가오."

"밝은 달이 벽해(碧海)에 들었나니 형산의 백옥. 명옥이."

명옥이가 들어오는데 연잎으로 만든 치마를 입은 고운 태도에 걸음걸이가 진중한데 아장 걸어 가만가만 들어오더니,

"점고 맞고 사또 안전으로 나가오."

"구름은 엷고 바람은 가벼운 한낮, 버들가지를 나는 금빛

새. 앵앵이."

앵앵이가 들어오는데 붉은 치맛자락을 걷어 올려 가는 허리에 딱 붙이고 아장 걸어 가만가만 들어오더니,

"점고 맞고 사또 안전으로 나가오."

사또 분부하되,

"빨리 부르라."

"예."

호장이 분부 듣고 넉 자 화두로 부르는데,

"광한전 높은 집에 복숭아 바치던 고운 선녀. 계향이."

"예. 등대하였소."

"소나무 아래의 저 동자야. 묻노라 선생 소식. 첩첩 청산에 운심(雲心)이."

"예. 등대하였소."

"월궁(月宮)에 높이 올라 계화(桂花)를 꺾어 애절이."

"예. 등대하였소."

"묻노라 술집이 어드메뇨, 목동이 아득히 먼 곳을 가리키네. 행화."

"예. 등대하였소."

"아미산에는 가을 반달이 높이 걸려 있고 그림자는 평강¹⁴¹⁾에 비치는구나. 강선이."

"예. 등대하였소."

"오동 복판 거문고 타고 나니 탄금이."

---

141) 강 이름.

"예. 등대하였소."

"팔월의 부용(芙蓉)은 군자의 얼굴, 가을물이 연못에 가득하구나. 홍련이."

"예. 등대하였소."

"주홍빛 실로 만든 갖은 매듭 차고 나니 금낭이."

"예. 등대하였소."

사또 분부하되,

"한 번에 열두서넛씩 불러라."

호장이 분부 듣고 빨리 부르는데,

"양대선, 월중선, 화중선이."

"예. 등대하였소."

"금선이, 금옥이, 금련이."

"예. 등대하였소."

"농옥이, 난옥이, 홍옥이."

"예. 등대하였소."

"바람맞은 낙춘이."

"예. 등대하러 들어가오."

낙춘이가 들어오는데 제가 잔뜩 맵시 있게 들어오는 체하고 들어오는데, 얼굴털 뽑는단 말은 듣고 이마빡에서 시작하여 귀 뒤까지 파혜쳤다. 분화장한단 말은 들었던지 개분[142] 석 냥 일곱 돈어치를 값도 따지지 않고 무작정 사다가 담벼락에 회칠하듯 반죽하여 온 낯에다 쳐바르고 들어온다. 키는 사근

---

142) 질이 좋지 않은 분.

내(沙斤乃)[143]에 있는 장승만 한 년이 치맛자락을 훨씬 치켜올려 턱밑에 딱 붙이고, 물 고인 논의 고니 걸음으로 낄룩껑쭝 엉금엉금 훌쩍 들어오더니,

"점고 맞고 나가오."

예쁘고 고운 기생 그중에 많건마는 사또께옵서는 원래부터 춘향의 말을 높이 들었는지라. 아무리 들으시되 춘향이 이름이 없는지라. 사또가 수노를 불러 묻는 말이,

"기생 점고 다 되어도 춘향은 안 부르니 퇴기냐?"

수노 여쭈오되,

"춘향 어미는 기생이되 춘향은 기생이 아닙니다."

사또 묻기를,

"춘향이가 기생이 아니면 어찌 규중에 있는 아이 이름이 그리 유명한가?"

수노 여쭈오되,

"원래 기생의 딸이옵죠. 덕색(德色)이 있는 까닭에 권문세족 양반네와 일등재사(一等才士) 한량들과 내려오신 관리마다 구경코자 간청하지만 춘향 모녀 거절하옵니다. 양반 상하 막론하고 한 동네 사람인 소인들도 십 년에 한 번쯤이나 얼굴을 보되 말 한마디 없었더니, 하늘이 정한 연분인지 구관(舊官) 사또 자제 이 도련님과 백년가약 맺사옵고, 도련님 가실 때에 장가든 후에 데려가마 당부하고, 춘향이도 그렇게 알고 수절하여 있습니다."

---

143) 사근내에 있는 장승군포와 수원 사이에 있는 지명.

사또가 화를 내어,

"이놈. 무식한 상놈인들 무슨 소리냐? 어떠한 양반이라고 엄한 아버지가 계시고 장가도 들기 전인 도련님이 시골에서 첩을 얻어 살자 할꼬? 이놈 다시 그런 말을 입 밖에 내면 죄를 면치 못하리라. 이미 내가 저 하나를 보려는데 못 보고 그냥 두랴. 잔말 말고 불러 오라."

춘향을 부르란 명령이 나는데, 이방과 호장이 여쭈오되,

"춘향이가 기생도 아닐 뿐 아니오라 전임 사또 자제 도련님과 맹세가 중하온데, 나이는 다르다 하지만 같은 양반이라. 춘향을 부르면 사또 체면이 손상할까 걱정하옵니다."

사또 크게 성을 내어,

"만일 춘향을 늦게 데려오면 호장 이하 각 부서 두목들을 모두 내쫓을 것이니 빨리 대령하지 못할까?"

육방이 소동하고, 각 부서 두목이 넋을 잃어,

"김 번수[144]야 이 번수야. 이런 별일이 또 있느냐. 불쌍하다 춘향 정절, 가련케 되기 쉽다. 사또 분부 지엄하니 어서 가자 바삐 가자."

사령과 관노가 뒤섞여서 춘향 집 앞에 당도하니, 이때 춘향이는 사령이 오는지 관노가 오는지 모르고 주야로 도련님만 생각하여 우는데, 망측한 환을 당해 놓았으니 소리가 화평할 수 있으리오. 남편 잃고 독수공방하는 계집아이라 청승이 들어 자연히 슬픈 목소리가 되었으니 보고 듣는 사람의 심장인

---

144) 번수(番手)는 관아에 번을 드는 관리를 말한다.

들 아니 상할쏘냐. 님 그리워 설운 마음, 입맛 없어 밥 못 먹고 잠자리가 불안하여 잠 못 자고, 도련님 생각 오래되어 마음이 상했으니 피골이 상접이라. 양기가 쇠진하여 진양조[145]란 울음이 되어,

갈까 보다 갈까 보다

님을 따라 갈까 보다

천 리라도 갈까 보다

만 리라도 갈까 보다

비바람도 쉬어 넘고

날진수진,[146] 해동청 보라매도 쉬어 넘는

높은 산꼭대기 동선령고개[147]라도

님이 와 날 찾으면

나는 발 벗어 손에 들고

나는 아니 쉬어 가지.

한양 계신 우리 낭군

나와 같이 그리는가

무정하여 아주 잊고

나의 사랑 옮겨다가

다른 님을 사랑하는가.

---

145) 국악의 한 곡조. 느리고 애원한 듯한 느낌을 주는 소리.
146) 날진은 산에서 자란 길들이지 않은 매, 수진은 집에 기른 길들인 매.
147) 황해에 있는 지명.

이렇게 서럽게 울 때, 사령 등이 춘향의 슬픈 소리를 듣고, 사람이 목석이 아니거든 어찌 감동하지 않겠느냐. 육천 마디 삭신이 봄날 떨어지는 물에 얼음 녹듯 탁 풀리어,

"대관절 이 아니 참 불쌍하냐? 외입한 자식들이 저런 계집을 받들지 못하면 사람이 아니로다."

이때에 재촉하는 사령이 나오면서,

"이리 오너라."

외치는 소리에 춘향이 깜짝 놀라 문틈으로 내다보니 사령, 군노 나왔구나.

"아차차 잊었네. 오늘이 점고하는 날이라더니 무슨 야단이 났나 보다."

창문 열어 젖히며,

"허허 번수님네 이리 오소 이리 오소. 오시기 뜻밖이네. 이번 사또 맞는 길에 노독(路毒)이나 아니 나며, 사또 정체 어떠하며, 구관 사또댁에 가 봤으며, 도련님 편지 한 장도 아니 하던가? 내가 전날은 양반을 모시기로 남들 눈이 있고, 도련님 성격이 유달라서 모르는 체하였건만 마음조차 없을쏜가. 들어가세 들어가세."

김 번수며 이 번수며 여러 번수 손을 잡고 제 방에 앉힌 후에 향단이 불러,

"주안상을 들여라."

취토록 먹인 후에, 궤문 열고 돈 닷 냥을 내어놓으며,

"여러 번수님네. 가시다가 술이나 잡숫고 가옵소. 뒷말 없게 하여 주소."

사령 등이 약주에 취해서 하는 말이,

"돈이라니 당치 않다. 우리가 돈 바라고 네게 왔냐."

말은 그렇게 하지만,

"들여놓아라."

"김 번수야. 네가 돈 받아 차라."

"이러면 안 되지만은. 돈이 머릿수에 맞게 다 돌아가느냐?"

돈 받아 차고 흐늘흐늘 들어갈 제, 행수기생¹⁴⁸⁾이 나온다. 행수기생이 나오며 두 손뼉 땅땅 마주 치면서,

"여봐라 춘향아. 말 듣거라. 너만 한 정절은 나도 있고 너만 한 수절은 나도 있다. 너라는 정절이 왜 있으며 너라는 수절이 왜 있느냐? 정절부인 애기씨 수절부인 애기씨 조그마한 너 하나로 말미암아 육방이 소동하고, 각 부서 두목이 다 죽어난다. 어서 가자 바삐 가자."

춘향이 할 수 없어 수절하던 그 태도로 대문 밖 썩 나서며,

"형님 형님 행수 형님. 사람 괄시를 그리 마소. 거기라고 대대(代代) 행수며 나라고 대대 춘향인가. 사람이 한 번 죽지 두 번 죽나."

이리 비틀 저리 비틀 하며 동헌에 들어가,

"춘향이 대령하였소."

사또 보시고 매우 기뻐한다.

"춘향임에 분명하다. 대청으로 오르거라."

춘향이 대청마루에 올라가 무릎을 모아 단정히 앉았을 뿐

---

148) 기생 중의 우두머리.

이로다. 사또 매우 혹하여,

"책방에 가 회계 나리님을 오시라고 하여라."

회계 보는 생원(生員)이 들어오던 것이었다. 사또 매우 기뻐,

"자네 보게. 저게 춘향일세."

"하 그년 매우 예쁜 것이 잘생겼소. 사또께서 서울 계실 때부터 '춘향 춘향' 하시더니 한번 구경할 만하오."

사또 웃으며,

"자네가 중매하겠나?"

이윽히 앉았더니,

"사또가 당초에 춘향을 부르시지 말고 중매쟁이를 보내어 보시는 게 옳았을 것을, 일을 좀 경솔하게 하였소만은 이미 불렀으니 아마도 혼인할밖에 다른 수가 없소."

사또 매우 기뻐 춘향더러 분부하되,

"오늘부터 몸단장 바르게 하고 수청을 거행하라."

"사또 분부 황송하나 일부종사(一夫從事) 바라오니 분부시행 못하겠소."

사또 웃으며 말한다.

"아름답도다. 계집이로다. 네가 진정 열녀로다. 네 정절 굳은 마음 어찌 그리 어여쁘냐. 당연한 말이로다. 그러나 이수재(李秀才)[149]는 서울 사대부의 자제로서 명문귀족의 사위가 되었으니, 한순간 사랑으로 잠깐 기생질하던 너를 조금이라도 생각하겠느냐? 너는 원래 정절 있어 정절을 지키다가 고운 얼굴

---

149) 수재는 젊은 총각을 뜻한다.

늙어가고 백발이 난무하여 강물 같은 무정한 세월을 한탄할 때 불쌍코 가련한 게 너 아니면 누구랴? 네 아무리 수절한들 열녀 칭찬 누가 하랴? 그것은 다 버려두고 네 고을 사또에게 매임이 옳으냐 어린 놈에게 매인 게 옳으냐? 네가 말을 좀 하여라."

춘향이 여쭈오되,

"충신불사이군(忠臣不事二君)이요 열녀불경이부(烈女不更二夫)[150]라. 절개를 본받고자 하옵는데 계속 이렇게 분부하시니, 사는 것이 죽는 것만 못하옵고 열녀불경이부오니 처분대로 하옵소서."

이때 회계 나리가 썩 나서 하는 말이,

"네 여봐라. 어 그년 요망한 년이로고. 사또 일생 소원이 천하의 일색(一色)이라. 네 여러 번 사양할 게 무엇이냐? 사또께옵서 너를 추켜세워 하시는 말씀이지 너 같은 기생 무리에게 수절이 무엇이며 정절이 무엇인가? 구관은 전송하고 신관 사또 영접함이 법도에 당연하고 사리에도 당연커든 괴이한 말하지 말라. 너희 같은 천한 기생 무리에게 '충렬(忠烈)' 두 자가 웬 말이냐?"

이때 춘향이 하도 기가 막혀 천연히 앉아 여쭈오되,

"충효열녀(忠孝烈女)도 상하(上下) 있소. 자세히 들으시오. 기생으로 말합시다. 충효열녀 없다 하니 낱낱이 아뢰리다. 해서(海西) 기생 농선이는 동선령(洞仙嶺)에 죽어 있고, 선천(宣川) 기생

---

150) 충신은 두 임금을 섬기지 않고, 열녀는 두 지아비를 섬기지 않는다.

은 아이로되 칠거지악(七去之惡) 능히 알고, 진주(晋州) 기생 논개는 우리 나라 충렬로서 충렬문(忠烈門)에 모셔 놓고 길이길이 받들고, 청주(淸州) 기생 화월이는 삼층각(三層閣)에 올라 있고, 평양 기생 월선이도 충렬문에 들어 있고, 안동 기생 일지홍은 살았을 때 열녀문 지은 후에 정경부인 명성이 있사오니 기생 모함 마옵소서."

춘향이 다시 사또에게 여쭈오되,

"당초에 이수재 만날 때에 산과 바다를 두고 맹세한 굳은 마음, 소첩의 한결같은 정절을 맹분(孟賁)[151] 같은 용맹이라도 빼어내지 못할 터요, 소진(蘇秦)과 장의(張儀)[152]의 입담인들 첩의 마음 옮겨 가지 못할 터요, 공명[153] 선생의 높은 재주로 동남풍은 빌었으되 일편단심 소녀의 마음은 굴복지 못하리라. 기산(箕山)의 허유(許由)[154]는 요임금의 천거를 거절했고, 서산(西山)의 백이숙제 두 사람은 주나라 곡식을 먹지 않고 굶어 죽었으니,[155] 만일 허유가 없었으면 속세 떠난 선비 누가 되며, 백이숙제 없었으면 간신도적 많으리라. 첩의 몸이 비록 천한 계집이나 이들을 모르리까. 사람의 첩이 되어 남편

---

151) 중국의 용맹한 장수의 이름. 소의 뿔을 빼어냈다고 한다.
152) 소진과 장의는 모두 중국 춘추전국 시대의 유명한 유세가.
153) 제갈공명. 중국 삼국 시대 촉나라의 재상.
154) 중국 요임금 때의 높은 선비. 요임금이 허유에게 천하를 맡기려고 했으나 거절하고 기산에 들어가 은거하였다.
155) 백이와 숙제는 모두 은나라 사람으로 주나라 무왕이 은나라를 정복하자 그 땅에서 나는 곡식을 먹는 것이 부끄러워 수양산으로 도망가서 고사리를 캐 먹다가 결국 죽었다고 한다.

을 배반하는 것은 벼슬하는 관장님네 나라를 배반하는 것과 같사오니 처분대로 하옵소서."

사또 크게 화를 내어,

"이년 들어라. 모반과 대역하는 죄는 능지처참하고, 관장을 조롱하는 죄는 율법에 적혀 있고, 관장을 거역하는 죄는 엄한 형벌과 함께 귀양을 보내느니라. 죽는다고 설워 마라."

춘향이 악을 쓰며 하는 말이,

"유부녀 겁탈하는 것은 죄 아니고 무엇이오?"

사또 기가 막혀 어찌 분하시던지 책상을 두드릴 제, 탕건이 벗어지고 상투가 탁 풀리고 첫마디가 목이 쉬어,

"이년을 잡아 내리라."

호령하니 골방에서 수청 들던 통인,

"예."

하고 달려들어 춘향의 머리채를 주루루 끌어내며

"급창."[156]

"예."

"이년 잡아 내리라."

춘향이 떨치며,

"놓아라."

중계(中階)에 내려가니 급창이 달려들어,

"요년 요년. 어떠하신 존전이라고 그런 대답하고 살기를 바

---

156) 관아에서 부리던 사내종. 주로 원의 명령을 간접으로 받아 큰 소리로 전달하는 일을 맡아 보았다.

랄쏘냐."

대뜰 아래 내리치니 맹수 같은 군노와 사령들이 벌떼같이 달려들어 물풀 같은 춘향의 머리채를 힘을 주어 연실 감듯, 뱃사공이 닻줄 감듯, 사월 초파일 등대[157] 감듯, 휘휘친친 감아쥐고 동댕이쳐 엎지르니 불쌍타 춘향 신세 백옥같이 고운 몸이 여섯 육(六) 자 모양으로 엎어졌구나. 좌우에 나졸 늘어서서 능장, 곤장, 형장이며, 주장[158] 짚고,

"아뢰라. 형리(刑吏) 대령하라."

"예. 형리요."

사또, 분이 어찌 났던지 벌벌 떨며 기가 막혀 허푸허푸 하며,

"여보아라. 그년에게 다짐받아 무엇하리. 묻지도 말고 형틀에 올려 매고 정갱이를 부수고 물고장[159]을 올려라."

춘향을 형틀에 올려 매고는 사정[160]이 거동 봐라. 형장이며 태장이며 곤장이며 한아름 담쑥 안아다가 형틀 아래 좌르륵 내려놓는 소리에 춘향의 정신이 아찔하다. 곤장 잡은 사령 거동 봐라. 이 놈도 잡고 능청능청, 저 놈도 잡고서 능청능청. 힘 좋고 빳빳하고 잘 부러지는 놈 골라잡고, 오른 어깨 벗어 매고, 형장 잡고 명령이 떨어지기를 기다릴 제,

"분부 모셔라. 네 그년을 사정 보아 헛 때렸다가는 당장에

---

157) 등을 다는 대.
158) 능장, 곤장, 형장, 주장은 모두 방망이의 일종으로 죄인을 심문하거나 때릴 때 사용하는 도구.
159) 죄인 죽인 것을 보고하는 글.
160) 관아에서 잔심부름을 하던 남자 하인.

죽을 것이니 각별히 매우 치라."

집장사령[161] 여쭈오되,

"사또 분부 지엄한데 저만한 년을 무슨 사정 두오리까. 이년! 다리를 까딱도 하지 말라. 만일 움직이다가는 뼈가 부러지리라."

호통하고 들어서서는 구호에 발맞추어 서면서 춘향에게 조용히 하는 말이,

"한두 대만 견디소. 어쩔 수가 없네. 요 다리는 요리 틀고 저 다리는 저리 트소."

"매우 쳐라."

"예잇. 때리오."

딱 붙이니 부러진 형장 막대는 푸르르 날아 공중에 빙빙 솟아 대뜰 아래 떨어지고, 춘향이는 아무쪼록 아픈 데를 참으려고 이를 복복 갈며 고개만 빙빙 돌리면서,

"애고 이게 웬일이여."

곤장 태장 치는 데는 사령이 서서 '하나 둘' 헤아리건만 형장부터는 법장(法杖)[162]이라. 형리와 통인이 닭싸움하는 모양으로 마주 엎드려서 하나 치면 하나 긋고 둘 치면 둘 긋고, 무식하고 돈 없는 놈 술집 담벼락에 술값 긋듯 그어 놓으니 한 일(一) 자가 되었구나.

춘향이는 저절로 설움 겨워 맞으면서 우는데,

---

161) 곤장 등의 형장을 잡고 치는 사령.
162) 법으로 명시되어 있는 형장.

"일편단심 굳은 마음은 일부종사하려는 뜻이오니 일개 형벌로 치옵신들 일 년이 다 못 가서 잠시라도 변하리까?"

이때 남원부 한량이며 남녀노소 없이 모두 모여 구경할 제 좌우의 한량들이,

"모질구나 모질구나. 우리 골 원님이 모질구나. 저런 형벌이 왜 있으며 저런 매질이 왜 있을까. 집장사령 놈 잘 보아 두어라. 삼문(三門) 밖 나오면 패 죽이리라."

보고 듣는 사람이야 눈물 아니 흘릴 자 있으랴. 둘째 매를 딱 붙이니,

아황과 여황 두 왕비의 절개를 아옵는데
두 지아비 못 섬기는 이 내 마음
이 매 맞고 영영 죽어도
이 도령은 못 잊겠소.

셋째 매를 딱 붙이니,

삼종지도[163] 지엄한 법 삼강오륜(三綱五倫) 알았으니
갖은 형벌에 귀양을 갈지라도
삼청동 우리 낭군 이 도령은 못 잊겠소.

---

163) 여자가 지켜야 할 도리. 혼인 전에는 아버지를 따르고, 혼인 후에는 남편을 따르고, 남편이 죽은 후에는 자식을 따라야 한다는 의미.

넷째 매를 딱 붙이니,

사대부 사또님은 백성들은 살피잖고
위력에만 힘을 쓰니
사십팔방(四十八坊) 남원 백성
원망함을 모르시오.
사지를 가른대도 사생동거(死生同居)[164] 우리 낭군
사생(死生) 간에 못 잊겠소.

다섯째 매 딱 붙이니,

삼강오륜 엄연한데
오륜 중의 부부유별(夫婦有別) 맺은 연분
올올이 찢어 낸들
오매불망 우리 낭군 온전히 생각나네.
오동추야 밝은 달은 님 계신 곳 보련마는
오늘이나 편지 올까 내일이나 기별 올까.
무죄한 이 내 몸이 죄지은 일 없사오니
잘못 처결하여 죄수 만들지 마옵소서.
애고 애고 내 신세야.

여섯째 매 딱 붙이니,

---

164) 죽으나 사나 같이 사는 것.

육육은 삼십육으로 매마다 죄를 묻고
육만 번 죽인대도
육천 마디 어린 사랑 맺힌 마음
변할 수 전혀 없소.

일곱째 매를 딱 붙이니,

칠거지악 범하였소?
칠거지악 아니거든 이런 형벌 웬일이오.
칠척검(七尺劍)[165] 드는 칼로
동동이 토막 내어 이제 바삐 죽여 주오.
'쳐라' 하는 지 형방아!
칠 때마다 헤아리지 마소.
고운 얼굴 나 죽겠네.

여덟째 매 붙이니,

팔자 좋은 춘향 몸이
팔도 방백 수령 중에
제일 명관(明官) 만났구나.
팔도 방백 수령님네

---

165) 칠 척 길이의 칼.

치민(治民)[166]하러 내려왔지

악형(惡刑)하러 내려왔소.

아홉째 매 딱 붙이니,

구곡간장(九曲肝腸) 굽이 썩어

이 내 눈물 구년지수(九年之水)[167] 되겠구나.

아홉 구비 청산의 장송(長松) 베어 묶어

배 만들어 훌쩍 타고 한양성중 급히 가서

구중궁궐 임금님께 구구한 억울함을 주달(奏達)하고

구정(九鼎) 뜰[168]에 물러나와 삼청동을 찾아가서

우리 사랑 반가이 만나

굽이굽이 맺힌 마음 조금은 풀리련만.

열째 날 딱 붙이니,

십생구사[169]할지라도 팔십 년 정한 뜻은

십만 번 죽인대도 변함없으니 어쩌겠나?

---

166) 백성을 다스린다는 뜻.

167) 9년 동안 계속되는 홍수.

168) 구정은 중국 하나라 우임금 때, 전국에서 거두어들인 금으로 만들었
다는 솥. 구정 뜰은 궁궐을 뜻한다.

169) 구사일생과 동의어.

십육 세 어린 춘향 장하원귀(杖下寃鬼)[170] 가련하오.

열 치고는 그만할 줄 알았더니 열다섯째 매 딱 붙이니,

십오야 밝은 달은 띠구름에 묻혀 있고
서울 계신 우리 낭군 삼청동에 묻혔으니
달아 달아 보느냐.
님 계신 곳 나는 어이 못 보는고.

스물 치고 그만할까 여겼더니 스물다섯째 매 딱 붙이니,

이십오현탄야월(二十五絃彈夜月)[171]에
원한 못 이기는 저 기러기
너 가는 데 어드메냐.
가는 길에 한양성 찾아들어
삼청동 우리 님께
내 말 부디 전해 다오.
나의 형상 자세히 보고
부디부디 잊지 마라.
온 하늘에 어린 마음
옥황전(玉皇前)에 아뢰고저.

---

170) 매맞아 원통하게 죽은 귀신.
171) 25현의 거문고를 달밤에 연주한다는 뜻.

옥 같은 춘향 몸에 솟는 것은 유혈이요 흐르는 것은 눈물이라. 피 눈물 한 데 흘러 무릉도원(武陵桃源)에 흘러 내리는 붉은 물이 되었구나. 춘향이 점점 악을 쓰며 하는 말이,

"소녀를 이리 말고 능지처참하여 아주 박살내어 죽여 주면, 죽은 후 원조(怨鳥)[172]라는 새가 되어 두견새와 함께 울어 적막강산 달 밝은 밤, 우리 이 도련님 잠든 후 꿈이나 깨게 하여이다."

말 못하고 기절하니 엎드렸던 통인은 고개 들어 눈물 씻고, 매질하던 저 사령도 눈물 씻고 돌아서며,

"참 못할 일이로다."

좌우에 구경하는 사람과 거행하는 관리들이 눈물 씻고 돌아서며,

"춘향이 매 맞는 거동 사람 자식은 못 보겠다. 모질도다 모질도다 춘향 정절이 모질도다. 하늘이 낳은 열녀로다."

남녀노소 없이 서로 눈물 흘리며 돌아설 때 사또인들 좋을 리가 있으랴.

"네 이년 관아에서 발악하고 맞으니 좋은 게 무엇이냐? 다음에 또 관장 명을 거역할까?"

반생반사(半生半死) 저 춘향이 점점 악을 쓰며 하는 말이,

"여보, 사또 들으시오. 여자가 한번 한을 품으면 생사를 가리지 않는다는 것을 어이 그리 모르시오. 계집의 모진 마음 오뉴월에 서리 치네. 넋이 되어 하늘에 떠돌다가 우리 임금 앉

---

172) 원한을 품은 새.

은 곳에 이 억울함을 아뢰오면 사또인들 무사할까. 덕분에 죽여 주오."

사또 기가 막혀,

"허허 그년 말 못할 년이로고. 큰칼 씌워 하옥하라."

하니 큰칼 씌워 봉인하여 사정이 등에 업고 삼문 밖 나올 제 기생들이 나오며,

"애고 서울댁아 정신 차리게. 애고 불쌍하여라."

사지를 만지며 약을 갈아 먹이며 서로 보고 눈물 흘릴 제, 이때 키 크고 속없는 낙춘이가 들어오며,

"얼씨고 절씨고 좋을씨고. 우리 남원에도 열녀 현판 달 일 생겼구나."

왈칵 달려들어,

"애고 서울댁아. 불쌍하여라."

이리 야단할 제 춘향 어미가 이 말을 듣고 정신없이 들어오더니 춘향의 목을 안고,

"애고 이게 웬일이냐. 죄는 무슨 죄며 매는 무슨 매냐. 장청[173]의 집사님네 길청[174]의 이방님네. 내 딸이 무슨 죄요. 장군방(將軍房) 두목들아 집장하던 사정도 무슨 원수 맺혔더냐. 애고 애고 내 일이야. 칠십 나이 늙은 것이 의지 없이 되었구나. 무남독녀 내 딸 춘향, 규중(閨中)에 은근히 길러 내어, 밤낮으로 서책만 놓고 가사(家事) 공부 일삼으며 나 보고 하는

---

173) 장교들이 있는 곳.
174) 이방들이 집무하는 곳.

말이, '마오 마오 설워 마오. 아들 없다 설워 마오. 외손봉사(外孫奉祀)[175] 못하리까.' 어미에게 지극정성 곽거(郭巨)[176]와 맹종(孟宗)[177]인들 내 딸보다 더할쏜가. 자식 사랑하는 법이 상중하(上中下)가 다를쏜가. 이 내 마음 둘 데 없네. 가슴에 불이 붙어 한숨이 연기로다. 김 번수야 이 번수야, 상관의 말이 지엄하다 하지만 이다지도 몹시 쳤느냐? 애고 내 딸 장처[178] 보소. 빙설(氷雪) 같은 두 다리에 연지 같은 피 비쳤네. 명문가 부인네들 눈먼 딸도 원하더라. 그런 데 가 태어나지 기생 월매 딸이 되어 이 경색이 웬일이냐. 춘향아 정신 차려라. 애고 애고 내 신세야."

하며,

"향단아. 삼문 밖에 가서 삯군 둘만 사 오너라. 서울에 쌍급주[179] 보내련다."

춘향이 쌍급주 보낸단 말을 듣고,

"어머니 그리 마오. 그게 무슨 말씀이오. 만일 급주가 서울 올라가서 도련님이 보시면, 층층시하(層層侍下)에 어찌할 줄

---

175) 외손자가 제사를 지내 주는 것.
176) 중국 진나라 사람으로 중국의 유명한 효자 스물네 명 중의 한 사람. 집이 몹시 가난하여 늙은 어머니가 먹을 것을 세 살 난 손자에게 나누어 주는 것을 보고는 그 아들을 죽이기로 결심한 사람. 아들을 죽여 땅에 묻기 위해 먼저 땅을 팠는데 그 속에서 금으로 된 솥이 나왔다고 한다.
177) 중국 삼국 시대의 유명한 효자.
178) 매를 맞은 곳.
179) '급주'는 급한 소식을 전하는 인편. '쌍급주'란 '급주'보다도 빠른 인편.

몰라 심사 울적하여 병이 되면 그것인들 아니 훼절(毀節)[180]이오. 그런 말씀 마시고 옥으로 가사이다."

사정의 등에 업혀 옥으로 들어갈 제, 향단이는 칼머리 들고 춘향 어미는 뒤를 따라 옥문 앞에 당도하여,

"옥졸, 문을 여소. 옥졸도 잠들었나?"

옥중에 들어가서 옥방(獄房) 형상 볼작시면 부서진 죽창(竹窓) 틈에 살을 쏘는 것은 바람이요, 무너진 헌 벽이며 헌 자리에 벼룩 빈대 온몸을 침노한다. 이때 춘향이 옥방에서 장탄가(長嘆歌)로 울던 것이었다.

이내 죄가 무슨 죄냐?
국곡투식(國穀偸食)[181] 아니거든 엄형중장(嚴刑重杖) 무슨 일고.
살인 죄인 아니거든 항쇄[182] 족쇄 웬일이며
삼강오륜 어긴 죄인 아니거든 사지결박 웬일이며
간통 죄인 아니거든 이 형벌이 웬일인고.
삼강수(三江水)[183]는 벼룻물이 되어
푸른 하늘은 종이가 되어
나의 설움을 하소연하여
옥황상제 앞에 올리고저.

---

180) 정절이 무너지는 것.
181) 나라의 곡식을 도적질해 먹는 것.
182) 목에 씌우는 칼.
183) 강 이름.

낭군 그리워 가슴 답답 불이 붙네.

한숨이 바람 되어 붙는 불을 더 붙이니

속절없이 나 죽겠네.

홀로 섰는 저 국화는 높은 절개 거룩하다.

눈 속의 청송(靑松)은 영원한 절개 지켰구나.

푸른 솔은 나와 같고 누른 국화 낭군같이

슬픈 생각 뿌리나니 눈물이요 적시느니 한숨이라.

한숨은 청풍(淸風) 맑은 눈물은 가랑비 삼아

청풍이 가랑비를 몰아다가

불거니 뿌리거니

님의 잠을 깨우고저.

견우직녀성은 칠석날 상봉하올 적에

은하수 막혔으되 기약 어긴 일 없었건만

우리 낭군 계신 곳에 무슨 물이 막혔는지

소식조차 못 듣는고.

살아 이리 그리느니

아주 죽어 잊고 지고.

차라리 이 몸 죽어

공산(空山)의 두견이 되어

이화월백(李花月白) 깊은 밤에

슬피 울어 낭군 귀에 들리고저.

청강에 원앙 되어 짝을 불러 다니면서

다정코 유정함을 님의 눈에 보이고저.

삼월 봄날 나비 되어 향기 묻은 두 나래로

봄빛을 자랑하여 낭군 옷에 붙고 지고.

청천에 명월 되어 밤이 되면 돋아 올라

밝디밝은 밝은 빛을 님의 얼굴에 비추고저.

이내 간장 썩는 피로 님의 화상(畫像) 그려 내어

방문 앞에 족자 삼아 걸어 두고

들며 나며 보고 지고.

수절정절 절대가인 참혹하게 되었구나.

문채 좋은 형산백옥 진흙 속에 묻혔는 듯,

향기로운 상산초[184]가 잡풀 속에 섞였는 듯,

오동 속에 놀던 봉황 가시 속에 깃들인 듯.

자고(自古)로 성현(聖賢)네도 무죄하고 궂기시니[185]

요(堯), 순(舜), 우(禹), 탕(湯) 임금네도

걸주(桀紂)[186]의 포악(暴惡)으로 함진옥[187]에 갇혔다가

다시 나와 성군(聖君) 되시고

밝은 덕으로 백성 다스리신 주나라 문왕도

상주(商紂)[188]의 해를 입어 유리옥에 갇혔더니

도로 나와 성군 되고

만고성현(萬古聖賢) 공부자도

---

184) 신령스러운 풀.

185) 일이 잘되지 않다는 뜻.

186) 중국 하나라의 걸왕과 은나라의 주왕. 폭군의 대명사.

187) 감옥의 이름.

188) 중국 은나라의 포악한 임금. 주나라 무왕에게 토벌되었다.

양호(陽虎)[189]의 해를 입어 광야에 갇혔더니

도로 나와 대성(大聖) 되시니

이런 일로 볼작시면

죄 없는 이내 몸도

살아나서 세상 구경 다시 할까.

답답하고 원통하다 날 살릴 이 뉘 있을까.

서울 계신 우리 낭군 벼슬길로 내려와

이렇듯이 죽어갈 제 내 목숨을 못 살린가.

여름의 구름은 빼어난 봉우리에 가득하니

산이 높아 못 오던가.

금강산 상상봉(上上峰)이 평지 되거든 오려신기.

병풍에 그린 황계(黃鷄) 두 나래를 툭툭 치며

새벽녘에 날 새라고 울거든 오려신가.

애고 애고 내 일이야.

죽창문을 열치니 밝고 맑은 달빛은 방안에 든다마는 어린 것이 홀로 앉아 달에게 묻는 말이,

"저 달아, 보느냐? 님 계신 곳 밝은 기운을 빌려라. 나도 보게야. 우리 님이 누웠더냐 앉았더냐? 보는 대로만 네가 일러 나의 수심 풀어 다오."

애고 애고 설워 울다 홀연히 잠이 드니 비몽사몽간에, 나

---

189) 공부자 즉 공자와 같은 시대의 노나라 사람.

비가 장주(莊周)[190] 되고 장주가 나비 되듯, 혼미한 정신이 바람인 듯 구름인 듯 한 곳에 당도하니 하늘은 끝이 없고 땅은 광활하다. 은은한 대나무 수풀 사이에 단청을 입힌 기와누각 한 층이 공중에 잠겨 있다. 대체 귀신 다니는 법은 큰 바람이 일어나 하늘로 솟고 땅으로 꺼지나니, 베개 맡에서 잠깐 조는 사이 춘몽(春夢) 중에 강남 수천 리 길을 다 갔구나. 앞을 살펴보니 황금 큰 글씨로 '만고정렬황릉지묘(萬古貞烈黃陵之廟)'[191]라 뚜렷이 붙였거늘 심신이 황홀하여 배회터니, 아름다운 낭자 셋이 나온다. 석숭(石崇)[192]의 애첩 녹주(綠珠)[193]와 진주 기생 논개, 평양 기생 월선이라. 이들이 등불을 들고 춘향을 인도하여 내당으로 들어가니 당상에 흰 옷 입은 두 부인이 옥수(玉手)를 들어 올라오라 청하거늘 춘향이 사양한다.

"속세의 천한 계집이 어찌 황릉묘에 오르리까."

부인이 기특히 여겨 재삼 청하거늘 사양치 못하여 올라가니 자리를 주어 앉힌 후에,

"네가 춘향인가? 기특하도다. 일전에 조회를 하러 요지연(瑤池宴)에 올라가니 네 말이 낭자키로 간절히 보고 싶어 너를 청하였다."

---

190) 장자(莊子)의 본명.
191) 만고의 정렬을 기리는 황릉묘. 황릉묘는 중국 순임금의 두 왕비인 아황과 여영을 모신 곳임.
192) 중국 진(晉)나라 때의 대단한 부호.
193) 석숭의 애첩이었는데, 손수(孫秀)란 사람이 녹주를 자기에게 달라고 하자 녹주가 분을 참지 못해서 자살했다. 이 일로 손수의 음모에 의해 석숭과 그 가족들이 다 죽게 되었다.

춘향이 두 번 절하고 말한다.

"첩이 비록 무식하나 고서(古書)를 보옵고, 죽은 후에나 존 안을 뵈올까 하였더니, 이렇듯 황릉묘에서 뵙게 되니 황공하 기 이를 데 없나이다."

상군부인(湘君夫人)[194]이 말씀하되,

"우리 순임금 대순씨(大舜氏)가 남쪽 지방을 순찰하시다가 창오산(蒼梧山)에서 붕(崩)[195]하시자 속절없는 이 두 몸이 소 상강 죽림(竹林)에 피눈물을 뿌려 놓으니 가지마다 아롱아롱 잎잎이 원한이라. 창오산이 무너지고 강물이 말라야 대나무 에 뿌린 눈물이 없어질 것이라. 이런 천추(千秋)에 깊은 한을 하소연할 곳 없더니, 네 절행(節行) 기특하기로 너더러 말하노 라. 임금과 이별한 지 몇 천 년에 좋은 세상은 언제 올 것이 며, 순임금이 다섯 줄 거문고로 노래하던 남풍시(南風詩)[196]가 지금까지 전하더냐?"

이렇듯이 말씀할 제 어떠한 부인,

"춘향아. 나는 달 밝은 밤 옥퉁소 소리에 선녀가 된 농옥(弄 玉)이다. 소사(蕭史)[197]의 아내로서 태화산(太華山)에서 이별 한 후, 낭군이 용을 타고 날아가 버린 것이 한이 되어 옥퉁소 로 원을 푼다. 곡조가 끝나자 날아가 버리니 그 간 곳을 모르

---

194) 아황과 여영을 지칭한다. 순임금이 죽은 후 아황은 상강(湘江)에 투신 하여 상군이 되고, 여영은 상부인이 되었다고 한다.
195) 임금의 죽음을 뜻한다.
196) 순임금이 남풍시를 노래하며 천하를 다스렸다는 말이 있다.
197) 중국 춘추 시대 사람으로 퉁소를 잘 불었다고 한다.

겠고, 산 아래 벽도화(碧桃花)[198]만 절로 피는구나."

이러할 제 또 한 부인 말씀하되,

"나는 한나라의 궁녀 소군(昭君)[199]이라. 오랑캐 땅으로 잘
못 시집가서 그만 죽고 말았으니 남은 것은 한 줌 푸른 무덤
뿐이라. 말 위에서 튕기는 비파 한 곡조에 그림을 보면 옛날의
아름다운 얼굴을 알 수 있으련만 달밤에 혼이 되어 돌아왔으
니 환패가 허무하구나.[200] 어찌 아니 원통하랴."

한참 이러할 제 음산한 바람이 일어나며 촛불이 벌렁벌렁
하며 무엇이 촛불 앞에 달려들거늘, 춘향이 놀라 살펴보니 사
람도 아니요 귀신도 아닌데 낭자한 울음소리 어렴풋이 들린다.

"여봐라 춘향아 너는 나를 모르리라. 나는 누군고 하니 한
고조(漢高祖)의 애첩 척부인이로다. 우리 황제 용이 되어 날아
간 후에 여씨 왕비 악독한 솜씨로 나의 수족을 끊고 두 귀에
다 불지르고 두 눈 빼고는 독약 먹여 변소에 넣었으니, 천추에
깊은 한을 어느 때나 풀어 보랴."

이리 울 제 상군부인 말씀하되,

"이승과 저승이 길이 달라 분별할 것이 있나니 이곳에서 오
래 머물지 못할지라."

여동(女童) 불러 하직할새, 동방의 실솔성[201]은 시르렁 한 쌍

---

198) 푸른 복숭아 꽃.
199) 왕소군.
200) 임금이 화공에게 왕소군의 궁녀들의 초상화를 그리게 했다. 환패는 임
금을 뵈러 나갈 때 차는 장신구의 일종.
201) 귀뚜라미 소리.

나비는 펄펄. 춘향이 깜짝 놀라 깨어 보니 꿈이로다. 옥창(玉窓)의 앵두꽃 떨어진 듯 보이고 거울 복판이 깨어진 듯 뵈고 문 위에 허수아비 달린 듯 보이거늘,

"나 죽을 꿈이로다."

수심으로 밤을 샐 제 기러기 울고 가니, 서강(西江) 걸린 달 아래로 줄지어 떠나는 기러기 네 아니냐. 밤은 깊어 삼경이요 궂은비는 퍼붓는데 도깨비 삑삑, 밤새 소리 붓붓, 문풍지는 펄렁펄렁, 귀신이 운다. 난장 맞아 죽은 귀신, 형장 맞아 죽은 귀신, 대롱대롱 목매달아 죽은 귀신 사방에서 우는데 귀곡성(鬼哭聲)이 낭자로다. 방 안이며 추녀 끝이며 마루 아래서도 '애고 애고', 귀신 소리에 잠들 길이 전혀 없다. 춘향이가 처음에는 귀신 소리에 정신이 없이 지내더니 여러 번을 들어나니 익숙해져 청승맞은 굿거리, 삼잡이 세악[202] 소리로 알고 들으며,

"이 몹쓸 귀신들아. 나를 잡아 가려거든 조르지나 말려무나."

엄급급여율령사파쐐[203] 주문 외우며 앉았을 때, 옥 밖으로 봉사 하나 지나간다. 서울 봉사라면 '운세를 물으시오' 하고 외치련만 시골 봉사라,

"점을 치시오."

하고 외치며 가니 춘향이 듣고,

"불러 주오."

춘향 어미 봉사를 부르는데,

---

202) 삼잡이는 세 명으로 구성된 악단. 세악은 국악에서 소규모의 악기로 편성된 음악.
203) 귀신을 물리치는 주문의 일종.

"여보 저기 가는 봉사님."

불러 놓으니 봉사 대답하되,

"게 누구? 게 누구요?"

"춘향 어미요."

"어찌 찾나."

"우리 춘향이가 옥중에서 봉사님을 잠깐 오시라 하오."

봉사 한번 웃으면서,

"날 찾는 게 의외로세. 가지."

봉사 옥으로 갈 제, 춘향 어미가 봉사의 지팡이를 잡고 인도한다.

"봉사님 이리 오시오. 이것은 돌다리요 이것은 개천이요. 조심하여 건너시오."

앞에 개천이 있어 뛰어 볼까 한참을 벼르다가 뛰는데, 봉사의 뜀이란 게 멀리 뛰진 못하고 위로 올라가기만 한 길이나 올라가는 것이었다. 멀리 뛴단 것이 한가운데 가 풍덩 빠져 놓았는데, 기어 나오려고 짚는 게 그만 개똥을 짚었지.

"어뿔싸. 이게 정녕 똥이지."

손을 들어 맡아 보니 묵은 쌀밥 먹고 썩은 놈이로고. 손을 내뿌린 게 모진 돌에다가 부딪치니 어찌 아프던지 입에다가 훅 쓸어 넣고 우는데 봉사 눈에서 눈물이 뚝뚝 떨어진다.

"애고 애고 내 팔자야. 조그마한 개천을 못 건너고 이 봉변을 당하였으니 누구를 원망하리오. 내 신세를 생각하니 천지만물을 보지 못하니 밤낮을 내가 알랴. 사시(四時)를 짐작하며, 봄날이 다가와서 복숭아꽃, 오얏꽃이 핀들 내가 알며, 가을이 당해 온들 누른 국화 단풍을 어찌 알까. 부모를 내 아느냐, 처자를 내 아느냐, 친구 벗님을 내 아느냐. 세상천지며 해와 달과 별이며 후박장단(厚薄長短)[204]을 모르고 밤중같이 지내다가 이 지경이 되었구나. 참말이지 봉사가 잘못이냐 개천이 잘못이냐. 봉사가 그르지 개천이 그르랴."

애고 애고 설워 우니 춘향 어미 위로하되,

"그만 우시오."

봉사를 목욕 시켜 옥으로 들어가니 춘향이 반기면서,

"애고 봉사님. 어서 오오."

봉사 그 중에 춘향이가 미인이란 말은 듣고 반가워하며,

"음성을 들으니 춘향 각시인가 보다."

"예. 기옵니다."

"내가 진작 와서 자네를 한번이나 볼 터로되 가난하면 일이 많은 법이라서 못 오고, 이리 청하여 왔으니 내 체면이 아니로세."

"그럴 리가 있소. 눈 어둡고 나이 든 후 기력이 어떠하시오?"

"내 염려는 말게. 대체 나를 어찌 청하였나?"

"예. 다름 아니라 간밤에 흉몽을 꾸었삽기로 해몽도 하고 우리 서방님이 어느 때나 나를 찾을까 길흉 여부 점을 치려고 청하였소."

"그러게."

봉사가 점을 친다.

---

204) 두터웁고 엷고 길고 짧음.

"비나이다 비나이다. 영험하신 하늘이시여 땅이시여 굽어 살피시어 영감을 주옵소서. 영명하신 신령님께서 내려오시어 아둔한 중생을 깨우쳐 주옵소서. 옳은 것이 무엇이며 그른 것이 무엇인지 밝혀 주옵소서.[205] 복희, 문왕, 무왕, 무공, 주공, 공자, 오대성현, 칠십이현, 안증사맹, 성문십철, 제갈공명, 이순풍, 소강절, 정명도, 정이천, 주염계, 주회암, 엄군평, 사마군, 귀곡, 손빈, 진의, 왕보사, 주원장 등 위대하신 선생은 굽어 살피소서. 마의도자, 구천현녀, 육정, 육갑 신장이여. 몇 년 몇 월 몇 일 몇 시에 지극 정성 모아 향을 피워 제사 올리오니 밝은 신령님들 향기 맡고 강림하옵소서.[206] 전라좌도 남원부 강가에 사는 임자생(壬子生) 천하 열녀 성춘향이 어느 날 옥에서 석방되며, 서울 삼청동에 사는 이몽룡은 어느 날 남원 땅에 당도하오리까. 엎드려 비나이다 여러 신령님들 밝혀 알려 주옵소서."

산통[207]을 철겅철겅 흔들더니,

"어디 보자, 일이삼사오륙칠. 허허 좋다 좋은 패로고. 칠간

---

205) 이 구절은 봉사가 경을 읊는 대목인데 완전히 문맥을 바꾸어 번역한다. 원문은 다음과 같다.
"가이태서유상치경이축축왈 천하언재심이요 지하언재시리요만은 고지즉응하시느니 신기영의시니 감이수통언하소서. 망지휴구와 망석궐의를 유신유령이 망수소보하여 약가약비를 상명고지즉응하시느니."
206) 이 부분의 원문은 다음과 같다.
"연월일시(年月日時) 사치공조, 배패동자, 성패동랑, 허공유감, 여왕(女王) 본가봉사, 단로향화(壇爐香火), 명신문차실향, 원사강림언하소서."
207) 점 치는 데 사용하는 점대를 넣어 두는 통.

산(七艮山)[208]이로구나. 고기가 물에서 놀며 그물을 피하니 작은 것이 쌓여 큰 것을 이루나니. 옛날 주무왕(周武王)이 벼슬할 제 이 괘를 얻어 금의환향하였으니 어찌 아니 좋을쏜가. 천리 떨어진 곳에 있어도 서로 정을 두니 친한 사람을 만나리라. 자네 서방님이 머지않아 내려와서 평생 한을 풀겠네. 걱정마소. 참 좋다."

춘향이 대답하되,

"말대로 그러면 오죽 좋으리까. 간밤 꿈 해몽이나 좀 하여 주옵소서."

"어디 자세히 말을 하소."

"화장하던 거울이 깨져 보이고 창 앞에 앵두꽃이 떨어져 보이고 문 위에 허수아비 달려 뵈고 태산이 무너지고 바닷물이 말라 보이니 나 죽을 꿈 아니오?"

봉사 이윽히 생각하다가 한참 만에 말한다.

"그 꿈 매우 좋다. 열매가 열려야 꽃이 떨어지고 거울이 깨어질 때 소리가 없을쏜가. 꽃이 떨어지니 열매가 달릴 것이요, 거울이 깨어지니 어찌 소식이 없으랴. 문 위에 허수아비 달렸으면 사람마다 우러러볼 것이니 그리운 사람 만나 볼 것이라. 바다가 마르면 용의 얼굴을 능히 볼 것이요 산이 무너지면 평지가 될 것이라. 좋다. 쌍가마 탈 꿈이로세. 걱정 마소. 머지않네."

한참 이리 수작할 때, 뜻밖에 까마귀가 옥 담에 와 앉더니

---

208) 팔괘 중의 간(艮)괘. '간'은 산을 의미한다.

까옥까옥 울거늘 춘향이 손을 들어 후여 날리며,

"방정맞은 까마귀야. 나를 잡아가려거든 조르지나 말려무나."

봉사가 이 말을 듣더니,

"가만있소. 그 까마귀가 가옥가옥 그렇게 울지?"

"예. 그래요."

"좋다. 좋다. '가' 자는 아름다울 가(嘉) 자요, '옥' 자는 집 옥(屋) 자라. 아름답고 즐겁고 좋은 일이 머지않아 돌아와서 평생에 맺힌 한을 풀 것이니 조금도 걱정 마소. 지금은 복채로 천 냥을 준대도 아니 받아 갈 것이니, 나중에 영귀(榮貴)하게 되는 때에 괄시나 부디 마소. 나 돌아가네."

"예 평안히 가옵시고 후일 상봉하옵시다."

춘향이 긴 한숨에 근심으로 세월을 보내니라.

재회와 어사 출도

이때 한양성 도련님은 주야로 시경(詩經)과 서경(書經)이며 온갖 서적을 숙독하였으니 글로는 이백(李白)이요, 글씨는 왕희지(王羲之)라. 국가에 경사 있어 태평과[209]를 시행할 때, 서책을 품에 품고 과거장에 들어가 좌우를 둘러보니, 억조창생 허다한 선비 일시에 임금 향해 절을 한다. 궁중 음악 맑은 소리에 앵무새가 춤을 춘다. 대제학이 임금이 내신 글제[210]를 가려 뽑아 내리시니 도승지가 모셔 내어 붉은 휘장 위에 걸어 놓으니, 글제에 하였으되,

'춘당춘색(春塘春色)이 고금동(古今同)[211]이라.'

---

209) 국가에 경사가 있을 때 시행하던 과거.
210) 답안으로 제출해야 하는 글의 제목.

뚜렷이 걸었거늘 이 도령 글제를 살펴보니 익히 보던 바라. 시험지를 펼쳐 놓고 답안을 생각하고는 용을 새긴 벼루에 먹을 갈아 당황모 무심필[212]에 듬뿍 묻혀, 왕희지의 필법으로 조맹부의 글씨체를 본받아 일필휘지(一筆揮之)하여 제일 먼저 제출한다. 윗전 시험관이 이 글을 보고 글자마다 비점(批點)[213]이요 구절마다 관주(貫珠)[214]로다. 용이 날아오르는 것 같고, 기러기가 모래 위에 내려앉은 듯 세상에 보기 드문 큰 재주로다. 급제자 명단에 이름 올려 어주(御酒)를 세 잔 권하신 후 장원급제 답안으로 게시한다. 새 급제자가 나올 적에 머리에는 어사화요 몸에는 앵삼[215]이라. 허리에는 학을 수놓은 허리띠로다. 사흘 말미를 얻은 후에

산소에 소분하고 전하께 절을 하니 전하께옵서 친히 불러 보신 후에,

"경의 재주는 조정에 으뜸이라."

하시고 도승지 입시(入侍)하사 전라도 어사를 제수하시니 평생의 소원이라.

어사 관복, 마패, 유척[216]을 내주시니 전하께 하직하고 본댁으로 나갈 때, 어사 갓을 쓴 풍채는 깊은 산의 호랑이 같은

---

211) 춘당의 봄빛은 예나 지금이나 같도다. '춘당'은 봄 연못, 혹은 창경궁의 '춘장대'를 지칭한다.
212) 족제비의 꼬리털로 만든 속에 심지를 박지 않은 붓.
213) 잘된 글자에 붉은 점을 찍는 것.
214) 잘된 구절에 동그라미를 치는 것.
215) 과거에 급제하였을 때 입는 예복. 겉감은 연두색이고 안감은 노랑 명주를 받쳐서 꾀꼬리 색을 냈다.

지라. 부모께 하직하고 전라도로 행할새, 남대문 밖 썩 나서서 서리, 심부름꾼, 중방, 역졸 등을 거느리고 청파역에서 말 잡아타고 남대문 시장, 종로 포도청, 배다리 얼른 넘어 밥전 거리 지나 동작이를 얼른 건너 남태령을 넘어 과천읍에서 점심을 먹고 사근내, 미륵당이를 지나 수원에서 잠을 잔다. 대황교, 떡전거리, 진개울, 중미를 지나 진위읍에서 점심 먹고 칠원, 소사, 애고다리를 지나 성환역에서 잠을 잔다. 상류천, 하류천, 새술막을 지나 천안읍에서 점심 먹고, 삼거리, 도리치를 거쳐 김제역에서 말 갈아타고, 신구, 덕평을 얼른 지나 원터에서 잠을 잔다. 팔풍정, 화란, 광정, 모란, 공주, 금강을 건너 금영에서 점심 먹고, 높은 한길 소개문, 어미널티, 경천에서 잠을 잔다. 노성, 풋개, 사다리, 은진, 간치당이, 황화정, 장애미고개, 여산읍에서 숙소 잡고 이튿날 서리, 중방 불러 분부하되,

"이곳은 전라도 초읍 여산이라. 국사가 막중하니 명을 어긴즉 죽기를 면치 못하리라."

추상같이 호령하며 서리를 불러 분부하되,

"너는 좌도로 들어 진산, 금산, 무주, 용담, 진안, 장수, 운봉, 구례 등 여덟 개 읍으로 순행하여 아무 날 남원읍으로 대령하라. 중방, 역졸 너희 등은 우도로 들어 용안, 함열, 임피, 옥구, 김제, 만경, 고부, 부안, 흥덕, 고창, 장성, 영광, 무장, 무안, 함

---

216) 놋으로 만든 자. 어사가 지니고 다니면서 지방의 부정한 도량형기를 거사하는 데 사용하는 도구.

평으로 순행하여 아무 날 남원읍으로 대령하라. 종사관을 불러 익산, 금구, 태인, 정읍, 순창, 옥과, 광주, 나주, 평창, 담양, 동복, 화순, 강진, 영암, 장흥, 보성, 흥양, 낙안, 순천, 곡성으로 순행하여 아무 날 남원읍으로 대령하라."

분부하여 각기 나누어 출발시킨 후에, 어사또 행장을 차리는데 모양 보소.

뭇사람을 속이려고 모자 없는 다 떨어진 헌 갓에 굵은 줄 총총 매어 질 낮은 명주 갓끈 달아 쓰고, 윗부분만 남은 헌 망건에 아교관자, 노끈당줄 달아 쓰고, 어수룩한 헌 도복에 무명실 띠를 가슴 가운데 둘러매고, 살만 남은 헌 부채에 솔방울을 매달아 햇빛을 가리고 내려온다. 통시암를 거쳐 삼이에서 잠을 자고 한내, 주엽쟁이, 가린내, 싱금정 구경하고 숲정이, 공북루 서문(西門)을 얼른 지나 남문(南門)에 올라 사방을 둘러보니 서호강남[217]이 여기로다. 기린봉 위에 솟는 달이며, 한벽당 주변의 맑은 연기, 남고사의 종소리, 건지산 위에 솟는 보름달, 다가산에 비껴 뿌리는 빗발, 덕진의 연꽃캐기, 비비정을 날아오르는 기러기, 위봉산의 폭포 등 완산의 팔경을 다 구경하고 차례차례 암행하여 내려온다.

각읍 수령들이 어사 온다는 말을 듣고 민정(民情)을 가다듬고 이미 한 일을 염려할 제 아랫사람인들 편하리오. 이방, 호장 넋이 달아나고 공사회계(公事會計) 하는 형방, 서기 여차하

---

217) 중국의 명승지. 서호(西湖)가 있는 항주를 비롯하여 강소성, 절강성의 경치.

면 도망가려 준비하고, 허다한 각 관리들이 넋을 잃어 분주하
다. 이때 어사또는 임실 구화뜰 근처를 당도하니 이때는 마침
농사철이라. 농부들이 「농부가(農夫歌)」를 부르며 이러할 제
야단이었다.

어여로 상사디야

넓고 넓은 세상천지 태평할 때

도덕 높은 우리 성군(聖君)

태평세월 노래하는 동요 듣던

요임금 성덕(聖德)이라

어여로 상사디야.

순임금 높은 성덕으로 내리신 그릇

역산(歷山)에 밭을 갈고

어여로 상사디야.

신농씨(神農氏)[218] 내신 따비[219]

천추만대(千秋萬代) 전해지니

어이 아니 높으던가

어여로 상사디야.

하우씨(夏禹氏) 어진 임금

구 년 홍수 다스리고

어여라 상사디야.

---

218) 중국 전설에 나오는 세 황제 중의 한 사람으로 백성들에게 농사짓는
법을 처음 가르쳤다고 한다.
219) 농기구의 일종으로 쟁기와 비슷하다.

은왕(殷王) 탕왕(湯王) 어진 임금

칠 년 가뭄 당하였네

어여라 상사디야.

이 농사를 지어 내어

우리 임금께 바친 후에

남은 곡식 장만하여

부모 봉양 아니하며

처자 부양 아니할까

어여라 상사디야.

온갖 풀을 심어

계절을 짐작하니

믿음직한 게 풀이로다

어여라 상사디야.

부귀영화 좋은 호강

이 업(業)²²⁰⁾을 당할쏘냐

어여라 상사디야.

못 쓰는 땅 개간하여

배불리 먹어 보세

얼럴럴 상사디야.

한참 이리할 적에, 어사또가 지팡이 짚고 저만큼 서서 「농부가」를 구경하다가,

---

220) 농사짓는 일을 지칭한다.

"거기는 대풍(大豐)이로고."

또 한 편을 바라보니 이상한 일이 있다. 중년이 넘은 노인들이 끼리끼리 모여 서서 등걸밭[221]을 일구는데, 갈멍덕[222]을 숙여 쓰고 쇠스랑 손에 들고 「백발가(白髮歌)」를 부른다.

> 등장가자 등장가자[223]
> 하느님 전에 등장갈 양이면
> 무슨 말을 하실는지.
> 늙은이는 죽지 말고
> 젊은 사람 늙지 말게
> 하느님 전에 등장가세.
> 원수로다 원수로다
> 백발이 원수로다.
> 오는 백발 막으려고
> 오른손에 도끼 들고
> 왼손에 가시 들고
> 오는 백발 두드리며
> 가는 홍안(紅顏)[224] 끌어당겨
> 청실로 결박하여
> 단단히 졸라매되

---

221) 나무를 벤 그루가 많이 남아 있는 험한 밭.
222) 풀로 만든 삿갓 같은 것.
223) 억울함을 하소연하기 위해 관청으로 모여 가는 것.
224) 젊은 얼굴 혹은 예쁜 얼굴.

가는 홍안 절로 가고

백발은 때때로 돌아와

귀 밑에 살 잡히고

검은 머리 백발 되니

조여청사모성설(朝如靑絲暮成雪)[225]이라.

무정한 게 세월이라.

소년 시절 즐거움 깊은들

왕왕이 달라가니

이 아니 세월인가.

천금준마 잡아타고

장안대도 달리고저.

만고강산 좋은 경치

다시 한 번 보고 지고.

절대가인 곁에 두고

온갖 교태 놀고 지고.

꽃 피는 아침 달 밝은 저녁

사시사철 좋은 경치

눈 어둡고 귀가 먹어

볼 수 없고 들을 수 없네

할 수 없는 일이로세.

슬프다 우리 벗님

어디로 가겠는고.

---

225) 아침에 청실처럼 검은 머리칼, 저녁이 되니 눈처럼 백발이 되었구나.

가을 단풍잎 지듯이

차츰차츰 떨어지고

새벽하늘 별 지듯이

삼삼오오 쓰러지니

가는 길이 어드멘고.

어여로 가래질이야.

아마도 우리 인생

일장춘몽(一場春夢)인가 하노라.

한참 이러할 제 한 농부 썩 나서며

"담배 먹세. 담배 먹세."

갈멍덕 숙여 쓰고 두던[226]에 나오더니, 곱돌로 만든 좋은 담뱃대 넌짓 들어 꽁무니 더듬더니, 가죽 쌈지 빼어 놓고 침을 세차게 뱉어 엄지손가락이 자빠지게 비비적비비적 단단히 넣어, 짚불을 뒤져 놓고 화로에 푹 질러 담배를 피운다. 농군이라 하는 것이 담뱃대가 빡빡하면 쥐새끼 소리가 나것다. 양 볼때기가 오목오목 콧구멍이 발심발심. 연기가 홀홀 나게 피워 물고 나서니, 어사또 반말하기는 이골이 났지.

"저 농부 말 좀 물어보면 좋겠구면."

"무슨 말?"

"이 골 춘향이가 사또에게 수청 들어 뇌물을 많이 먹고, 백성들에게 횡포를 부린다는 말이 옳은가?"

---

226) 밭이나 논의 돋아나온 곳.

저 농부 열을 내어,

"당신, 어디 사나?"

"아무 데 살든지."

"아무 데 살든지라니. 당신은 눈구멍 귓구멍 없나? 지금 춘향이가 수청 아니 든다 하고 형장 맞고 갇혔으니, 기생집에 그런 열녀 세상에 드문지라. 옥결 같은 춘향 몸에 자네 같은 동냥치가 추잡한 말 하다가는 빌어먹지도 못하고 굶어 뒤지리. 올라간 이 도령인지 삼 도령인지 그놈의 자식은 한번 간 후 소식이 없으니, 사람이 그렇고는 벼슬은커녕 내 좆도 못 되지."

"어 그게 무슨 말버릇인고?"

"왜? 뭐 잘못되었나?"

"잘못되었다기보다는 아무리 남이라고 하지만 말버릇이 너무 고약한고."

"자네가 철모르는 말을 하니 그렇지."

수작을 끝내고 돌아서며,

"허허 망신이로고. 자 농부네들 일하오."

"예."

하직하고 한 모퉁이를 돌아드니 아이 하나 온다. 지팡이 막대 끌면서 시조(時調) 절반, 사설(辭說) 절반 섞어 하되,

"오늘이 며칠인고. 천릿길 한양성을 며칠이나 걸어 올라가랴. 조자룡이 강을 넘던 청총마가 있었다면 하루 만에 가련마는. 불쌍하다. 춘향이는 이 서방을 생각하여 옥중에 갇히어서 목숨이 경각이라. 불쌍하다. 몹쓸 양반 이 서방은 한번 간 후 소식을 끊어 버리니 양반의 도리는 원래 그러한가."

어사또 그 말 듣고

"이 애. 어디 사니?"

"남원읍에 사오."

"어디를 가니?"

"서울 가오."

"무슨 일로 가니?"

"춘향의 편지 갖고 이전 사또 댁에 가오."

"이애. 그 편지 좀 보자꾸나."

"그 양반 철모르는 양반이네."

"웬 소린고?"

"글쎄 들어 보오. 남자 편지 보기도 어렵거든 하물며 외간 여자 편지를 보잔단 말이오."

"이 애 들어라. '행인이 임발우개봉'[227]이란 말이 있느니라. 좀 보면 어떠랴?"

"그 양반 몰골은 흉악하구만 문자 속은 기특하오. 얼른 보고 주오."

"호로자식이로고."

편지 받아 떼어 보니 사연에 하였으되,

"한번 이별한 후 소식이 막혔으니, 부모 모시는 여가에 도련님 안부 평안하옵신지요. 간절히 사랑하옵니다. 천한 계집 춘향은 졸지에 형장을 받아 감옥에 갇혀 목숨이 경각이라. 죽기

---

227) '行人臨發又開封.' 중국 당나라의 문인, 장적(張籍)이란 사람의 시 구절. 곧 길을 떠나려는 순간에도 편지를 열어 본다.

에 임박하여 혼이 날아 황릉묘를 갔다 오니 귀신이 출몰하옵니다. 비록 만 번을 죽는다고 하나 열녀의 정절을 지켜 두 지아비를 섬기지 않을 것이요. 첩의 생사와 늙은 어미의 신세가 어떻게 될지 모르오니 서방님은 깊이 헤아려 처치하옵소서."

편지 끝에 하였으되,

지난 해 어느 때에 님을 이별하였던고
엊그제 겨울눈이 내리더니 또 가을이 되었네
미친바람 깊은 밤에 눈물이 눈 같으니
어찌하여 남원 옥중의 죄수가 되었는고

거세하시군별첩(去歲何時君別妾)고
작이동설우동추(昨已冬雪又動秋)라.
광풍반야누여설(狂風半夜淚如雪)하니
하위남원옥중수(何爲南原獄中囚)라.

혈서(血書)로 썼는데 바닷가 모래밭에 기러기가 앉듯이 그저 툭툭 찍은 것이 모두 다 애고로다. 어사또 보더니 두 눈에 눈물이 듣거니 맺거니 방울방울 떨어지니 저 아이 하는 말이,

"남의 편지 보고 왜 우시오?"

"엇다 이 애. 남의 편지라도 설운 사연을 보니 자연 눈물이 나는구나."

"여보 인정 있는 체하고 남의 편지 눈물 묻어 찢어지오. 그 편지 한 장 값이 열다섯 냥이오. 편지 값 물어내오."

"여봐라. 이 도령이 나와 죽마고우 친구로서 먼 지방에 볼 일이 있어 나와 함께 내려오다 전주 감영에 들렀는데 내일 남원에서 만나자 언약하였다. 나를 따라 가 있다가 그 양반을 뵈어라."

그 아이 반색하며,

"서울을 저 건너로 아시오?"

하며 달려들어,

"편지 내오."

서로 버티면서 제 옷 앞자락을 잡고 실랑이를 벌이며 살펴보니, 명주 전대를 허리에 둘렀는데 제사 때 쓰는 접시 같은 것이 들었거늘 물러나며,

"이것 어디서 났소? 찬바람이 나오."

"이놈 만일 천기를 누설하였다간 생명을 보전치 못하리라."

당부하고 남원으로 들어올 제, 박석재에 올라서서 사면을 둘러보니 산도 예 보던 산이요 물도 예 보던 물이라. 남문 밖 썩 내달아,

"광한루야 잘 있더냐? 오작교야 무사하냐?"

객사 앞의 푸른 버드나무는 나귀 매고 놀던 데요, 푸른 구름 따라 흐르는 맑은 물은 내 발 씻던 청계수(清溪水)라. 푸른 나무 늘어선 넓은 길은 왕래하는 옛길이요, 오작교 다리 밑에 빨래하는 여인들은 계집아이 섞여 앉아,

"야야."

"왜야?"

"애고 애고 불쌍터라. 춘향이가 불쌍터라. 모질더라 모질더

라. 우리 골 사또가 모질더라. 절개 높은 춘향이를 위력으로 겁탈하려 한들 철석같은 춘향 마음이 죽는 것을 두려워할까. 무정터라 무정터라. 이 도령이 무정터라."

저희끼리 말하며 추적추적 빨래하는 모양은 영양공주, 난양공주, 진채봉, 계섬월, 백릉파, 적경홍, 심요연, 가춘운[228]도 같다마는 양소유가 없었으니 뉘를 찾아 앉았는고. 어사또 누각에 올라 자세히 살펴보니 석양은 서쪽으로 저물고 잘 새는 수풀로 들어간다. 저 건너 버드나무는 우리 춘향 그네 매고 오락가락 놀던 양을 어제 본 듯 반갑도다. 동쪽을 바라보니 장림 깊은 곳 수풀 사이에 춘향 집이 저기로다. 저 안에 안 동산은 전에 보던 그대로요, 석벽의 험한 옥은 우리 춘향 우니는 듯 불쌍코 가긍하다. 일락서산(日落西山) 황혼시에 춘향 집에 당도하니 행랑은 무너지고 몸채는 색이 바랬구나. 전에 보던 벽오동은 수풀 속에 우뚝 서서 바람을 못 이기어 추리하게 서 있거늘, 단장 밑에 백두루미는 함부로 다니다가 개한테 물렸는지 깃도 빠지고 다리를 징금 끼룩 뚜루룩 울음 울고, 대문 빗장 앞의 누렁개는 기운 없이 졸다가 전에 본 손님을 몰라보고 꽝꽝 짖고 내달으니,

"요 개야 짖지 마라. 주인 같은 손님이다. 너의 주인 어디 가고 네가 나와 반기느냐."

중문을 바라보니 내 손으로 쓴 글자가 충성 충(忠) 자 완연

---

228) 『구운몽』에 등장하는 여덟 명의 여자 주인공 이름이다. 이중 영양공주(정경패)와 난양공주는 양소유의 처가 되고, 그 나머지 여섯 명은 첩이 된다.

터니, 가운데 중(中) 자는 어디 가고 마음 심(心) 자만 남아 있고, 와룡장자 입춘서(立春書)[229]는 동남풍에 펄렁펄렁 이내 수심 돋워 낸다. 그럭저럭 들어가니 안뜰은 적막한데 춘향 어미 거동 보소. 미음 끓이는 솥에 불 넣으며,

"애고 애고 내 일이야. 모질도다 모질도다. 이 서방이 모질도다. 위태로운 내 딸 아주 잊어 소식조차 돈절하네. 애고 애고 설운지고. 향단아 이리 와 불 넣어라."

하고 나오더니, 울타리 안의 개울물에 흰 머리 감아 빗고 정화수 한 동이를 단 아래에 받쳐 놓고 엎드려 기원하되,

"천지지신(天地之神) 일월성신(日月星辰)은 한마음이 되옵소서. 무남독녀 춘향이를 금쪽같이 길러 내어 외손봉사 바라더니 무죄한 매를 맞고 옥중에 갇혔으니 살릴 길이 없삽니다. 천지지신(天地之神)은 감동하사 한양성 이몽룡을 벼슬 높이 올려 내 딸 춘향 살려지이다."

빌기를 다한 후,

"향단아 담배 한 대 붙여 다오."

춘향 어미 받아 물고 후유 한숨 눈물 흘릴새, 이때 어사 춘향 어미 정성 보고,

"내가 벼슬 한 게 조상의 음덕으로 알았더니 우리 장모 덕이로다."

"그 안에 뉘 있나?"

---

229) 와룡장자는 문양의 일종. 입춘서는 흔히 '입춘대길'이라고 써서 입춘에 대문에 붙이는 글.

"뉘시오?"

"내로세."

"내라니 뉘신가?"

어사 들어가며,

"이 서방일세."

"이 서방이라니. 옳지 이풍헌 아들 이 서방인가."

"허허 장모 망령이로세. 나를 몰라, 나를 몰라."

"자네가 누구여?"

"사위는 백년지객(百年之客)이라 하였으니 어찌 나를 모르는가."

춘향 어미 반겨하여,

"애고 애고 이게 웬일인고. 어디 갔다 이제 와. 바람이 거세더니 바람결에 날려 온가. 구름이 봉우리에 걸리더니 구름 속에 싸여 온가. 춘향의 소식 듣고 살리려고 와 계신가. 어서 어서 들어가세."

손을 잡고 들어가서 촛불 앞에 앉혀 놓고 자세히 살펴보니 걸인 중에 상걸인이 되었구나. 춘향 어미 기가 막혀,

"이게 웬일이오?"

"양반이 그릇되매 형언(形言)할 수 없네. 그때 올라가서 벼슬길 끊어지고 가산 탕진하여 부친께서는 훈장질하러 가시고 모친은 친정으로 가시고 다 각기 갈리어서, 나는 춘향에게 내려와서 돈이나 얻어 갈까 하였더니 와서 보니 두 집안 꼴이 말 아닐세."

춘향 어미 이 말 듣고 기가 막혀,

"무정한 이 사람아. 한번 이별 후로 소식이 없었으니 그런 사람이 어디 있나. 뒷날을 바랐더니 어찌 이리 잘되었소. 이미 쏜 화살이 되고 엎질러진 물이 되었으니 누구를 원망할까마는 내 딸 춘향 어쩔라나?"

횟김에 달려들어 코를 물어뜯으려 하니,

"내 탓이지 코 탓인가. 장모가 나를 몰라보네. 하늘이 무심해도 풍운(風雲)의 조화와 천둥벼락의 기운이 있느니."

춘향 어미 기가 차서,

"양반이 그릇되매 희롱조차 들었구나."

어사 일부러 춘향 어미가 하는 거동을 보려고,

"시장하여 나 죽겠네. 나 밥 한 술 주소."

춘향 어미 밥 달라는 말을 듣고,

"밥 없네."

어찌 밥 없을까마는 횟김에 하는 말이었다. 이때 향단이 옥에 갔다 나오더니 저의 아씨 야단 소리에 가슴이 우둔우둔 정신이 울렁울렁 정신없이 들어가서 가만히 살펴보니 예전의 서방님이 와 계시는구나. 어찌 반갑던지 우루룩 들어가서,

"향단이 문안이오. 대감님 문안이 어떠하옵시며 대부인 안부 안녕하옵시며 서방님께서도 원로에 평안히 행차하시니까?"

"오냐. 고생이 어떠하냐?"

"소녀 몸은 무탈하옵니다. 아씨 아씨 큰 아씨. 마오 마오 그리 마오. 멀고 먼 천 리 길에 누구 보려고 오셨는데 이 괄시가 웬일이오. 애기씨가 아시면 지레 야단이 날 것이니 너무 괄시 마옵소서."

부엌으로 들어가더니 먹던 밥에 풋고추, 절인 김치, 양념 넣고, 단간장에 냉수 가득 떠서 밥상에 받쳐 드리면서,

"더운 진지 할 동안에 시장하신데 우선 요기하옵소서."

어사또 반겨하며,

"밥아 너 본 지 오래로구나."

여러 가지를 한꺼번에 붓더니 숟가락 댈 것 없이 손으로 뒤져서 한편으로 몰아치더니 마파람에 게 눈 감추듯 하는구나.

춘향 어미 하는 말이,

"얼씨구 밥 빌어먹기는 이골이 났구나."

이때 향단이는 저의 애기씨 신세를 생각하여 크게 울지는 못하고 훌쩍이며 우는 말이,

"어찌할거나 어찌할거나. 도덕 높은 우리 애기씨 어찌하여 살리시려오. 어쩌거나요 어쩌거나요."

미친 듯 우는 꼴을 어사또 보시더니 기가 막혀,

"여봐라 향단아. 울지 마라 울지 마라. 너의 아기씨가 살지 설마 죽을쏘냐. 행실이 지극하면 사는 날이 있느니라."

춘향 어미 듣더니,

"애고, 양반이라고 오기는 있어서 대체 자네가 왜 이 모양인가?"

향단이 하는 말이,

"우리 큰아씨 하는 말을 조금도 괘념 마옵소서. 나이 많아 노망든 중에 이 일을 당해 놓으니 홧김에 하는 말이라. 조금이라도 노하리까. 더운 진지 잡수시오."

어사또 밥상 받고 생각하니 분이 머리끝까지 치밀어 마음

이 울적, 오장이 울렁울렁. 저녁밥이 맛이 없어,

"향단아, 상 물려라."

담뱃대 툭툭 털며,

"여보소 장모, 춘향이나 좀 보아야제?"

"그러지요. 서방님이 춘향을 아니 보아서야 인정이라 하오리까?"

향단이 여쭈오되,

"지금은 문을 닫았으니 통금이나 풀리면 가사이다."

이때 마침 통금 해제하는 종을 뎅뎅 치는구나. 향단이는 미음 상이며 등불을 들고 어사또는 뒤를 따라 옥문에 당도하니 인적이 고요하고 옥졸도 간 곳 없네.

이때 춘향이 비몽사몽간에, 서방님이 오셨는데 머리에는 금관이요 몸에는 홍삼[230]이라. 오로지 사랑만을 생각하며 목을 안고 온갖 회포에 젖어 있던 터라.

"춘향아."

부른들 대답이 있을쏘냐.

어사또 하는 말이,

"크게 한번 불러 보소."

"모르는 말씀이오. 여기서 동헌이 마주 있는데 소리가 크게 나면 사또가 염문(廉問)할 것이니 잠깐 지체하옵소서."

"뭐가 어때. 염문이 무엇인고? 내가 부를게 가만있소. 춘향아."

---

230) 조회 때 입는 예복.

부르는 소리에 춘향이, 깜짝 놀라 일어나며,

"허허 이 목소리 잠결인가 꿈결인가. 그 목소리 괴이하다."

어사또 기가 막혀,

"내가 왔다고 말을 하소."

"왔단 말을 하게 되면 기절해서 간 떨어질 것이니 가만히 계시옵소서."

춘향이 저의 모친 음성을 듣고 깜짝 놀라서,

"어머니 어찌 오셨소. 몹쓸 딸자식을 생각하와 천방지축으로 다니다가 낙상하기 쉽소. 다음부터는 오실라 마옵소서."

"날랑은 염려 말고 정신을 차리어라. 왔다."

"오다니 누가 와요?"

"그저 왔다."

"갑갑하여 나 죽겠소. 일러 주오. 꿈 가운데 님을 만나 온갖 회포 나누었더니 혹시 서방님께서 기별 왔소? 언제 오신단 소식 왔소? 벼슬 띠고 내려온단 공문 왔소? 답답하여라."

"너의 서방인지 남방인지 걸인 하나가 내려왔다."

"허허. 이게 웬 말인가. 서방님이 오시다니 꿈결에 보던 님을 생시에 본단 말인가."

문틈으로 손을 잡고 말 못하고 기겁하며,

"애고 이게 누구시오. 아마도 꿈이로다. 그토록 그린 님을 이리 쉽게 만날쏜가. 이제 죽어도 한이 없네. 어찌 그리 무정한가. 박명하다 나의 모녀. 서방님 이별 후에 자나 누우나 님 그리워 오래도록 한이더니, 내 신세 이리 되어 매에 감겨 죽게 되는 날 살리러 와 계시오."

한참 이리 반기다가 님의 형상 자세히 보니 어찌 아니 한심하랴.

"여보 서방님. 내 몸 하나 죽는 것은 설운 마음 없소마는 서방님 이 지경이 웬일이오."

"오냐 춘향아. 설워 마라. 인명이 재천(在天)인데 설만들 죽을쏘냐."

춘향이 저의 모친 불러,

　한양성 서방님을 칠년대한(七年大旱) 가문 날에
　큰 비 오기를 기다린들 나와 같이 맥 빠질쏜가.
　심은 나무가 꺾어지고 공든 탑이 무너졌네.
　가련하다 이내 신세 하릴없이 되었구나.
　어머님 나 죽은 후에라도 원이나 없게 하여 주옵소서.
　나 입던 비단 장옷 봉황 장롱 안에 들었으니
　그 옷 내어 팔아다가 한산모시 바꾸어서
　물색 곱게 도포 짓고
　흰색 비단 긴 치마를 되는 대로 팔아다가
　관, 망건, 신발 사 드리고
　좋은 병과 비녀, 밀화장도, 옥지환이 함 속에 들었으니
　그것도 팔아다가 한삼(汗衫) 고의[231] 흉하지 않게 하여 주오.
　금명간 죽을 년이 세간 두어 무엇 할까.

---

231) '한삼'은 손을 감추기 위하여 두루마기나 여자의 저고리 소맷부리에 덧댄 소매. '고의'는 남자의 여름 홑바지.

용장롱, 봉장롱, 빼닫이를 되는 대로 팔아다가 좋은 진지 대
접하오.

　　나 죽은 후에라도 나 없다 마시고 날 본 듯이 섬기소서.

　　서방님 내 말씀 들으시오.

　　내일이 본관사또 생신이라.

　　술에 취해 주정나면 나를 올려 칠 것이니

　　형장 맞은 다리 장독(杖毒)이 났으니 수족인들 놀릴쏜가.

　　치렁치렁 흐트러진 머리 이럭저럭 걷어 얹고

　　이리 비틀 저리 비틀 들어가서 곤장 맞고 죽거들랑

　　삯군인 체 달려들어 둘러업고

　　우리 둘이 처음 만나 놀던 부용당

　　적막하고 고요한 데 뉘어 놓고

　　서방님 손수 염습[232]하되

　　나의 혼백 위로하여 입은 옷 벗기지 말고

　　양지 끝에 묻었다가

　　서방님 귀히 되어 벼슬에 오르거든

　　잠시도 지체 말고 육진장포[233]로 다시 염습하여

　　조촐한 상여 위에 덩그렇게 실은 후에

　　북망산천 찾아갈 제

　　앞 남산 뒤 남산 다 버리고 한양성으로 올려다가

　　선산발치에 묻어 주고 비문에 새기기를

---

232) 시체를 씻긴 후에 옷을 입히는 일.
233) 함경북도 육진 즉, 경원, 회영, 종성, 은성, 경흥, 부영에서 나는 베.

수절원사춘향지묘[234]라 여덟 자만 새겨 주오.

망부석이 아니 될까.

서산에 지는 해는 내일 다시 오련마는

불쌍한 춘향이는 한번 가면 언제 다시 올까.

맺힌 한이나 풀어 주오.

애고 애고 내 신세야.

불쌍한 나의 모친 나를 잃고 가산을 탕진하면

하릴없이 걸인 되어 이집 저집 걸식타가

언덕 밑에 조속조속 졸면서 기운 다해 죽게 되면

지리산 갈가마귀 두 날개를 떡 벌리고

둥덩실 날아들어 까옥까옥 두 눈을 다 파 먹은들

어느 자식 있어 '후여' 하고 날려 주리.

애고 애고 설워 울 때,

어사또,

"울지 마라. 하늘이 무너져도 솟아날 구멍이 있느니라. 네가 나를 어찌 알고 이렇듯이 설워 하느냐."

작별하고 춘향 집에 돌아왔지.

춘향이는 어둠침침 한밤중에 서방님을 번개같이 얼른 보고 옥방에 홀로 앉아 탄식하는 말이,

"밝은 하늘은 사람을 낼 제 대체로 공평하건만 나의 신세는 무슨 죄로 이팔청춘에 님 보내고 모진 목숨 살아 이 형문 이

---

234) '守節冤死春香之墓'. 수절하다 억울하게 죽은 춘향의 묘란 뜻.

형장 무슨 일인고. 옥중고생 서너 달에 밤낮없이 님 오시기만 바라더니 이제는 님의 얼굴 보았으나 희망 없이 되었구나. 죽어 황천에 돌아간들 옥황님께 무슨 말을 자랑하리."

애고 애고 설워 울 제, 맥이 빠져 반생반사(半生半死)하는구나.

어사또 춘향 집으로 와서 그날 밤을 새려 하고 문안 문밖 염문할새 길청(吉廳)에 가 들으니 이방이 승발235) 불러 하는 말이,

"여보소. 들으니 어사또가 새문 밖 이씨라더니 아까 삼경에 등불 켜 들고 춘향 어미 앞세우고 왔던 다 떨어진 옷과 갓을 쓴 손님이 아마도 수상하니, 내일 사또 잔치 끝에 잘 구별하여 별탈이 없도록 십분 조심하소."

어사또가 그 말을 듣고,

"그놈들 알기는 아는데."

하고 또 장청(杖廳)에 가 들으니 행수 군관 거동 보소.

"여러 군관님네. 아까 옥 주변 서성이던 걸인이 실로 괴이하더만. 아마도 분명 어사인 듯하니 용모 그린 것 내어 놓고 자세히 보소."

어사또가 듣고,

"그놈들 모두 귀신이로다."

하고 현사(縣司)236)에 가 들으니 호장 역시 그러하다. 육

---

235) 아전 아래에서 잡무를 보던 사람.
236) 물품을 출납하는 곳.

방(六房) 염문 다 한 후에 춘향 집으로 돌아와서 그 밤을 샌 연후에, 이튿날 출근 끝에 가까운 읍의 수령들이 모여든다. 운봉의 장관, 구례, 곡성, 순창, 옥과, 진안, 장수 원님이 차례로 모여든다. 왼쪽에 행수 군관 오른쪽에 청령 사령, 한가운데 본관 사또는 주인이 되어 하인 불러 분부하되,

"관청색[237] 불러 다과를 올리라. 육고자[238] 불러 큰 소를 잡고, 예방(禮房) 불러 악공을 대령하고, 승발 불러 천막을 대령하라. 사령 불러 잡인을 금하라."

이렇듯 요란할 제 온갖 깃발이며 삼현육각 풍류 소리 공중에 떠 있고, 푸른 저고리 붉은 치마 입은 기생들은 흰 손에 비단 소매 높이 들어 춤을 추고, 지화자 둥덩실 하는 소리에 어사의 마음이 심란하구나.

"여봐라 사령들아. 너의 사또에게 여쭈어라. 먼 데 있는 걸인이 좋은 잔치에 왔으니 술과 안주나 좀 얻어먹자고 여쭈어라."

저 사령의 거동 보소.

"우리 사또님이 걸인을 금하였으니, 어느 양반인지는 모르오만 그런 말은 내지도 마오."

등을 밀쳐내니 어찌 아니 명관(名官)인가. 운봉 영장이 그 거동을 보고 본관 사또에게 청하는 말이,

"저 걸인의 의관은 남루하나 양반의 후예인 듯하니 말석에 앉히고 술잔이나 먹여 보냄이 어떠하뇨?"

---

237) 지방 수령의 음식을 맡아 보던 아전.
238) 지방 관아에 소고기를 바치던 관노.

본관 사또 하는 말이,

"운봉의 소견대로 하오마는."

'마는' 하는 끝말을 내뱉고는 입맛이 사납겠다. 어사또 속으로,

"오냐. 도적질은 내가 하마. 오라[239]는 네가 받아라."

운봉 영장이 분부하여,

"저 양반 듭시라고 하여라."

어사또 들어가 단정히 앉아 좌우를 살펴보니, 당 위의 모든 수령 다과상을 앞에 놓고 진양조가 높아 가는데, 어사또의 상을 보니 어찌 아니 통분하랴. 모서리 떨어진 개상판에 닥나무 젓가락, 콩나물, 깍두기, 막걸리 한 사발 놓았구나. 상을 발길로 탁 차 던지며 운봉 영장의 갈비를 가리키며,

"갈비 한 대 먹고 지고."

"다리도 잡수시오."

하고는 운봉이 하는 말이,

"이러한 잔치에 풍류로만 놀아서는 맛이 적사오니 차운(次韻)[240] 한 수씩 하여 보면 어떠하오?"

"그 말이 옳다."

하니 운봉이 운을 낼 제 높을 고(高) 자, 기름 고(膏) 자 두 자를 내어 놓고 차례로 운을 달아 시를 짓는다. 이때 어사또 하는 말이,

---

239) 죄인을 묶는 줄.
240) 남이 지은 시의 운자(韻字)를 따서 시를 짓는 것.

"걸인이 어려서 한시(漢詩)깨나 읽었더니 좋은 잔치 당하여서 술과 안주를 포식하고 그냥 가기 민망하니 차운 한 수 하사이다."

운봉 영장이 반겨 듣고 필연(筆硯)을 내어 주니, 좌중 사람들이 다 짓지도 않았는데 순식간에 글 두 귀를 지었으되, 백성들의 형편을 생각하고 본관 사또의 정체를 감안하여 지었것다.

금준미주(金樽美酒) 천인혈(千人血)이요
옥반가효(玉盤佳肴) 만성고(萬姓膏)라
촉루낙시(燭淚落時) 민루낙(民淚落)이요
가성고처(歌聲高處) 원성고(怨聲高)라.

이 글 뜻은,

금동이의 아름다운 술은 일만 백성의 피요
옥소반의 아름다운 안주는 일만 백성의 기름이라.
촛불 눈물 떨어질 때 백성 눈물 떨어지고
노랫소리 높은 곳에 원망 소리 높았더라.

이렇듯이 지었으되 본관 사또는 몰라 보는데 운봉 영장은 글을 보며 속으로,
"아뿔싸. 일이 났다."
이때 어사또가 하직하고 간 연후에 각 아전들을 분부하되,

"야야. 일이 났다."

공방 불러 돗자리 단속, 병방 불러 역마(驛馬) 단속, 관청색 불러 다과상 단속, 옥형방 불러 죄인 단속, 집사 불러 형구(刑具) 단속, 형방 불러 장부 단속, 사령 불러 숙직 단속. 한참 이리 요란할 제 사정 모르는 저 본관사또가,

"여보 운봉은 어디를 다니시오?"

"소피 보고 들어오오."

본관 사또가 술주정이 나서 분부하되,

"춘향을 급히 올리라."

이때에 어사또 부하들과 내통한다. 서리를 보고 눈길을 보내니 서리, 중방 거동 보소. 역졸을 불러 단속할 제 이리 가며 수군, 저리 가며 수군수군. 서리, 역졸 거동 보소. 외올망건[241] 공단 모자 새 패랭이 눌러 쓰고, 석 자 감발[242] 새 짚신에 한삼(汗衫) 고의 산뜻하게 차려 입고, 육모방망이 사슴가죽끈을 손목에 걸어 쥐고, 여기서 번쩍 저기서 번쩍, 남원읍이 우글우글. 청파역졸 거동 보소. 달 같은 마패를 햇빛같이 번쩍 들어,

"암행어사 출두야."

외치는 소리에 강산이 무너지고 천지가 뒤집히는 듯 초목금수(草木禽獸)인들 아니 떨랴. 남문에서,

"출두야."

---

241) 외올로 뜬 좋은 망건.
242) 발감개.

북문에서,

"출두야."

동서문 출두 소리 청천(靑天)에 진동하고,

"모든 아전들 들라."

외치는 소리에 육방(六房)이 넋을 잃어,

"공형이오."

등채로 휘닥딱.

"애고 죽겠다."

"공방, 공방."

공방이 자리 들고 들어오며,

"안 하겠다던 공방을 하라더니 저 불 속에 어찌 들랴."

등채로 휘닥딱.

"애고 박 터졌네."

좌수(座首), 별감(別監) 넋을 잃고 이방, 호방 혼을 잃고 나졸들이 분주하네. 모든 수령 도망갈 제 거동 보소. 인궤[243] 잃고 강정 들고, 병부(兵符)[244] 잃고 송편 들고, 탕건 잃고 용수[245] 쓰고, 갓 잃고 소반 쓰고. 칼집 쥐고 오줌 누기. 부서지는 것은 거문고요 깨지는 것은 북과 장고라. 본관사또가 똥을 싸고 멍석 구멍 새앙쥐 눈 뜨듯 하고, 안으로 들어가서,

"어 추워라. 문 들어온다 바람 닫아라. 물 마르다 목 들여라."

---

243) 내용 빠짐.

244) 군사를 동원할 때 쓰던 표식.

245) 술이나 장 등을 거르는 데 쓰는 통. 혹은 옛날 죄수를 밖으로 데리고 나갈 때 얼굴을 가리기 위해 사용하던 물건.

관청색(官廳色)은 상을 잃고 문짝을 이고 내달으니, 서리, 역졸 달려들어 후닥딱.

"애고 나 죽네."

이때 어사또 분부하되,

"이 골은 대감이 좌정하시던 골이라. 잡소리를 금하고 객사(客舍)로 옮겨라."

자리에 앉은 후에,

"본관 사또는 봉고파직하라."

분부하니,

"본관 사또는 봉고파직이오."

사대문(四大門)에 방을 붙이고 옥형리 불러 분부하되,

"네 골 옥에 갇힌 죄수를 다 올리라."

호령하니 죄인을 올린다. 다 각각 죄를 물은 후에 죄가 없는 자는 풀어 줄새,

"저 계집은 무엇인고?"

형리 여쭈오되,

"기생 월매의 딸이온데 관청에서 포악한 죄로 옥중에 있삽내다."

"무슨 죄인고?"

형리 아뢰되,

"본관 사또 수청 들라고 불렀더니 수절이 정절이라. 수청 아니 들려 하고 사또에게 악을 쓰며 달려든 춘향이로소이다."

어사또 분부하되,

"너 같은 년이 수절한다고 관장(官長)에게 포악하였으니 살

기를 바랄쏘냐. 죽어 마땅하되 내 수청도 거역할까?"

춘향이 기가 막혀,

"내려오는 관장마다 모두 명관(名官)이로구나. 어사또 들으시오. 층암절벽 높은 바위가 바람 분들 무너지며, 청송녹죽 푸른 나무가 눈이 온들 변하리까. 그런 분부 마옵시고 어서 바삐 죽여 주오."

하며,

"향단아, 서방님 어디 계신가 보아라. 어젯밤에 옥 문간에 와 계실 제 천만 당부하였더니 어디를 가셨는지 나 죽는 줄 모르는가."

어사또 분부하되,

"얼굴 들어 나를 보라."

하시니 춘향이 고개 들어 위를 살펴보니, 걸인으로 왔던 낭군이 분명히 어사또가 되어 앉았구나. 반 웃음 반 울음에,

"얼씨구나 좋을시고 어사 낭군 좋을시고. 남원읍내 가을이 들어 떨어지게 되었더니, 객사에 봄이 들어 이화춘풍(李花春風) 날 살린다. 꿈이냐 생시냐? 꿈을 깰까 염려로다."

한참 이리 즐길 적에 춘향 어미 들어와서 가없이 즐겨하는 말을 어찌 다 설화(說話)하랴.

춘향의 높은 절개 광채 있게 되었으니 어찌 아니 좋을쏜가. 어사또 남원의 공무 다한 후에 춘향 모녀와 향단이를 서울로 데려갈새, 위의(威儀)가 찬란하니 세상 사람들이 누가 아니 칭찬하랴. 이때 춘향이 남원을 하직할새, 영귀(榮貴)하게 되었건만 고향을 이별하니 일희일비(一喜一悲)가 아니 되랴.

놀고 자던 부용당아.

너 부디 잘 있거라.

광한루 오작교며

영주각(瀛州閣)도 잘 있거라.

'봄풀은 해마다 푸르건만

떠난 객은 돌아오지 않는다'고 이른 시(詩)는

나를 두고 이름이라.

다 각기 이별할 제

길이길이 무고하옵소서.

다시 보기 기약 없네.

　　이때 어사또는 좌도와 우도의 읍들을 순찰하여 민정을 살핀 후에, 서울로 올라가 임금께 절을 하니 판서, 참판, 참의들이 입시하시어 보고서를 살핀다. 임금께서 크게 칭찬하시며 즉시 이조참의 대사성을 봉하시고 춘향으로 정렬부인을 봉하신다. 은혜에 감사드리고 물러나와 부모께 뵈오니 성은(聖恩)을 못 잊어 하시더라. 이때 이조판서 호조판서, 좌의정, 우의정, 영의정 다 지내고 퇴임한 후에 정렬부인으로 더불어 백년동락(百年同樂)할새, 정렬부인에게 삼남삼녀(三男三女)를 두었으니 모두가 총명하여 그 부친보다 낫더라. 일품 관직이 대대로 이어져 길이 전하더라.

춘향전
경판 30장본

이 도령과의 만남

화설.[1]

우리나라 인조대왕 시절에 전라도 남원 부사 이등의 자제인 이 도령의 나이는 십육 세라. 얼굴은 관옥(冠玉)[2]과 같고 풍채는 두보와 같고 문장은 이태백을 닮았더라. 항상 책방에 있으면서 부모에게 안부를 묻는 일 외에는 공부에만 힘을 기울이더니, 이때는 바야흐로 꽃 피는 춘삼월 호시절(好時節)이라. 온갖 생물들이 절로 즐거워하며 너구리는 늦손자 보고 두꺼비는 새끼를 칠 때니라.

이 도령이 춘흥을 못 이겨 꽃구경 가려고 방자 불러 분부

---

1) 조선 시대 소설의 처음에 쓰는 장면 부호의 일종.
2) 남자의 아름다운 얼굴을 비유하는 말.

하되,

"네 고을 구경처가 어디어디 좋은고?"

방자 여쭈오되,

"평양 부벽루, 해주 매월당, 진주 촉석루, 강릉 경포대, 양양 낙산사, 고성 삼일포, 통천 총석정, 삼척 죽서루, 평해 월송정, 울진 망양정, 간성 청간정이 좋다고 하지만, 뛰어난 경치는 남원 광한루 경치를 따를 것이 없기 때문에 전국 팔도에 유명하여 일컫기를 작은 강남이라 하나이다."

이 도령 말이,

"만일 네 말과 같다면 제일 강산인가 싶으니 아무쪼록 광한루 구경 갈 채비를 하라."

하고, 방자 놈 앞세우고 탄탄대로를 따라 가는 버들이 봄바람에 흔들리듯, 마음 심(心) 자, 갈 지(之) 자 명매기[3] 걸음으로 걸어 광한루에 다달아 뒷짐 지고 배회하며 방자 불러 하는 말이,

"악양루, 봉황대 풍경과 황학루, 고소대 경치가 이에서 더할쏘냐?"

방자 놈이 속여 여쭈오되,

"경치가 이렇기 때문에 날씨가 청명하면 운무가 잦아지고 종종 신선이 내려와 노나이다."

이 도령 왈,

"그럴 시 분명하다."

---

3) 새의 일종. 예쁘고 맵시 있게 걷는 걸음을 비유.

이때는 마침 오월 오일 단옷날이라.

본읍 기생 춘향이 추천하러 의복단장 치레할새, 아리따운 고운 얼굴, 팔(八) 자 같은 눈썹을 봄빛으로 화장하고, 흰 이빨 붉은 입술은 미처 피지 않은 도화(桃花)가 하룻밤 이슬에 반만 핀 모습이다. 검은 구름같이 흩어진 머리를 반달 같은 와룡빗으로 솰솰 흘리 빗겨 전반⁴⁾같이 넓게 땋고, 자주색 비단 넓은 댕기 맵시 있게 드리웠구나. 흰 모시 깨끼적삼, 보라색 비단 속저고리, 물명주 고쟁이, 흰 비단 넓은 바지, 은은한 비단 겉막이,⁵⁾ 봉을 그린 남빛 비단 치마를 잔살 잡아 떨쳐 입고, 비단 주머니, 명주 버선, 자주색 꽃신을 날 출(出) 자로 제법 신고, 앞에는 민무늬 대비녀, 뒤에는 봉을 그린 금비녀, 손에 옥지환, 귀에는 달 모양 귀걸이라. 노리개는 더욱 좋다. 향기로운 좋은 향을 차고, 산호가지, 밀화⁶⁾ 패물이며, 금실 달린 옥장도를 오색실로 끈을 꿰어 장수가 병부(兵符)⁷⁾ 차듯, 병사들이 동개⁸⁾ 차듯 휘드러지게 찼다. 첩첩산중으로 기엄둥실 올라가며 꽃도 주루룩 훑어다가 맑고 맑은 구곡수(九曲水)⁹⁾에 풍덩 띄워도 보며, 두 손으로 시내의 조약돌도 덥썩 쥐어다가 버드나무 사이로 훨훨 던져 꾀꼬리를 날려 보낸다.

---

4) 종이를 재단할 때 대는 나무판.
5) 여자가 입는 예복의 일종.
6) 호박과 같은 보석의 일종.
7) 장군임을 상징하는 물건.
8) 매고 다니는 화살통.
9) 아홉 구비 물길.

이것 역시 경치 아닐쏘냐?

흥에 겨워 깊은 곳으로 점점 올라가서 길게 매어 놓은 그 넷줄을 섬섬옥수로 이리저리 갈라 잡고 몸을 날려 올라, 한번 굴러 앞줄이 높고 두 번 굴러 뒷줄이 높아, 점점 높아 공중에 솟구친다. 흰 버선 두 발길로 붉게 타는 도화 늘어진 가지 툭툭 차니 날리는 것은 떨어지는 꽃잎이로다. 뒤에 꽂은 금비녀가 바위 위에 떨어져 쟁그렁 쟁그렁 하는 소리 그것 역시 경치 아닐쏘냐?

한참 이렇게 노닐 적에, 이 도령이 어슬렁거리며 배회하여 산천도 구경하고 잊은 글귀도 생각한다. 그러던 중, 문득 푸른 수풀 사이에 어떤 한 미인이 그네 타는 모습을 보고, 심신이 황홀하여 급히 방자 불러 묻는 말이,

"저 건너 저것이 무엇인고?"

방자 여쭈오되,

"어디 무엇이 뵈나이까?"

이 도령 하는 말이,

"어따! 저기 뵈는 것이 무엇인고? 아마도 선녀가 하강하였나 보구나."

그제서야 방자 놈이 여쭈오되,

"신선이 살던 봉래산, 영주산, 방장산 아니거든 선녀 어이 이곳에 있사오리까?"

이 도령 말이,

"그러면 무엇이뇨? 금이냐?"

"금은 여수[10]에서 난다고 하오니, 여수 아니거든 금이 어이

나리잇고?"

"그러면 옥이냐?"

"옥은 곤강에서 난다고 하오니, 곤강이 아니거든 옥이 어이 있으리오?"

"그러면 무엇인고? 해당화냐?"

"명사십리 아니거든 해당화 어이 이곳에 있사오리오?"

"그러면 귀신이냐?"

"북망산 아니거든 귀신이 어이 이곳에 있으리잇고?"

도령이 역정 내어 하는 말이,

"그러면 그것이 무엇이냐?"

방자 그제서야 여쭈오되,

"다른 것이 아니오라, 본읍 기생 월매 딸 춘향이로소이다."

이 도령 말이,

"얼사 좋을시고! 제 원래 창녀면 한번 구경 못할쏘냐? 방자야, 네 가서 불러오너라."

방자 놈의 거동 보소. 잎이 쪽쪽 말라빠지고 긴 참나무를 윗동 찍고 아래 잘라 거꾸로 짚고, 탄탄대로로 진 곳 마른 곳 가리지 않고, 이러저리 우당퉁탕 걸어가서 헐떡인다. 눈 위로 손을 들어,

"춘향아! 춘향아!"

부르니, 춘향이 깜짝 놀라 그네에서 뛰어내려 묻는 말이,

"그 뉘라서 부르나뇨?"

---

10) 강 이름.

방자의 말이,

"큰일 났다! 어서 가자. 바삐 가자."

재촉하니, 춘향이 하는 말이,

"이 몹쓸 아이야! 사람을 그다지 놀라게 하느냐? 내 추천을
하든지 그네를 뛰든지 무슨 대수리? 춘향이고, 사향이고, 계
향[11]이고, 강진향[12]이고, 침향[13]이고 간에 너더러 도련님께
일러바치라고 하더냐?"

방자 놈 말이,

"추천인지 그넨지 은근한 곳에서 할 것이지, 광한루 가까운
요런 똑 바라진 산등성 마루에 매고 뛰라더냐? 사또 자제 도
련님이 산천경개 구경코자 광한루에 올랐다가, 수풀 사이에
추천하는 네 거동 살펴보고 성화같이 불러오라 분부 지엄하
니, 아니 가지는 못하리라. 네 만일 간다면 우리 도련님이 바
로 바람둥이라. 네 향기로운 말로 유혹하여 초를 친 나물처럼
만든 후에 네 비단 속옷에 든 것을 슬쩍궁 빼어다가 돌돌 말
아 제 왼편 볼기짝에 붙여 놓으면, 남원 것이 다 네 것이 될 것
이니 그 아니 좋을쏘냐?"

춘향이 할 수 없어 삼단같이 흩은 머리 제색으로 집어 꽂
고, 난이며 봉을 새긴 비단 치마를 섬섬옥수로 잡아 걸쳐 맵
시 있게 비껴 섰다. 방자 놈 따라 인적 드문 좁은 길로 흰 모
래 위로 금자라 기듯, 대명전 대들보 위의 명매기 걸음으로,

---

11) 향의 일종.
12) 향의 일종으로 태우면 신이 내려온다는 나무로 만든 향.
13) 향의 일종.

행똥행똥 바삐 걸어 계단 아래에 이르러 문안을 아뢴다. 도령이 눈꼴이 다 틀리고 정신이 황홀하여 두 다리를 잔뜩 꼬고 서서 하는 말이,

"방자야! 아래에 서 있게 하는 것이 말이 되는 말이냐? 바삐 오르게 하라."

춘향이 마지못하여 당상에 올라 인사하고 자리에 앉은 후에 이 도령이 묻는 말이,

"네 나이 몇이며, 이름이 무엇인가?"

춘향이 아리따운 소리로 여쭈오되,

"소녀의 나이는 이팔이요, 이름은 춘향이로소이다."

도령이 웃으며 하는 말이,

"이팔이니 나의 사사 십육과 바로 동갑이다. 어찌 반갑지 않으리오? 이름이 춘향이라 하니 네 모습이 이름과 같도다. 절묘하고 어여쁘다! 매화 핀 달 아래 섰는 두루미도 같고, 썩은 나무에 앉은 부엉이도 같고, 줄에 앉은 초록제비도 같도다."

하고 또 묻되,

"네 생일이 어느 땐고?"

춘향이 여쭈오되,

"소녀의 생일은 하(夏)사월 초(初)파일 자시(子時)로소이다."

이 도령이 하는 말이,

"사월이라 하니 나와 동년 동월이니 천정배필이지만 다만 일(日)과 시(時)가 다르니 그것이 한이로다."

하고, 앞에 앉히고 희롱하는 모습은 홍문연(鴻門宴) 잔치에서 번쾌가 항우를 견제하며 일어서서 눈을 찢어져라 부릅뜨

며 큰칼 빼어 칼춤 추던 형상이요, 구룡소의 늙은 용이 푸른 바다를 헤쳐 나와 여의주를 다루는 형상이요, 첩첩산중 호랑이가 큰 개 잡아 앞에 놓고 흥에 겨워 놀리는 형상이라.

불안하여 이른 말이,

"너를 부른 뜻은 다름 아니라. 나도 서울에서 꽃피는 봄 삼월과 단풍 들고 낙엽 지는 구월 가을이면 아침이며 저녁이며 하루도 빼놓지 않고, 기생집에서 온갖 좋은 술에 취하고 절대가인과 연분 맺어 맑은 노래 묘한 춤으로 세월을 보냈다. 그러나 오늘 너를 보니 인간 세상의 인물이 아니로다. 정신이 황홀하여 미친 정을 이기지 못함이라. 탁문군(卓文君)[14]의 거문고에 연분을 맺어 두고 끊임없는 백년가약을 누릴까 해서 부름이라."

하니, 춘향이 이 말 듣고 눈썹을 숙이고 여쭈오되,

"소녀의 몸이 비록 기생집 여자이오나 마음은 북두성에 턱을 걸어, 남의 첩이 되지 말자 맹세하였사오니, 도련님 분부 이러하시나 이는 봉행치 못하리로소이다."

이 도령 말이,

"절차 갖춘 혼인은 비록 못하나 착실한 혼인이 될 것이니 잡말 말고 허락하여라."

춘향이 여쭈오되,

"만일 허락한 후에 사또께옵서 결국 바뀌시면 도련님은 올라가서 지체 높은 집안에 장가가서 금슬 좋게 세월을 보낼

---

14) 중국 전한(前漢) 시절 사마상여의 부인. 거문고 연주를 잘했다고 한다.

적에 나 같은 천한 계집이야 생각할까? 속절없는 나의 몸은 개밥에 도토리가 되리니, 아무래도 이 말씀은 시행치 못할소이다."

이 도령이 온갖 수단을 동원하여 설득하며 이르되,

"만일 불행히도 사또께서 서울로 올라가실 터이면 너를 설마 버리고 갈쏘냐? 우리 대부인은 비록 초상 나가는 가마로 모실지라도 너는 좋은 교자에 태워 데려갈 것이니 조금도 염려 말라. 양반이 일구이언(一口二言)은 안 할 것이니 빨리 허락하여라."

춘향이 여쭈오되,

"그러할진대 먹으로 쓴 글은 썩는 일 없삽고, 관아는 문서로 일을 처리한다 하오니 혹 언약을 어길 때 훗날 참고하게 불망기(不忘記)를 써 주소서."

이 도령이 기쁨을 이기지 못하여 화전을 펼치고 용벼루에 먹을 갈아 황모붓에 흠썩 묻혀 일필휘지(一筆揮之)한다.

"모년월일 춘향 앞에 불망기라. 우 불망기 단은 우연히 산천 구경코자 광한루에 올랐다가 천생배필을 만나매 사랑하는 마음을 이기지 못하였도다. 백년가약 맺을 것을 약속하되, 이후 만일 배약하는 폐가 있거든 이 문서를 가지고 관청에 고발하라."

춘향이 받아 이리 접고 저리 접쳐 금낭에 넣은 후에, 또 여쭈오되,

"발 없는 말이 천 리를 간다 하오니, 만일 이 말이 누설되어 사또께서 아시면 소녀는 속절없이 죽을 터이오니 부디 삼가 소서."

도령이 웃고 왈,

"사또 어릴 때에는 기생집에 다니셨는지 모르겠지만, 온갖 계집들 방귀 냄새를 무수히 맡으러 다녀 계신지라. 이런 일을 아신들 관계하랴? 부디 염려 말라."

하고, 이처럼 담소하다가 춘향더러 묻되,

"네 집이 어디뇨?"

춘향이 옥수를 번뜩 들어 대답하되,

"이 산 너머 저 산 너머, 한 모퉁이 두 모퉁이 지나가면 대나무 밭 깊은 곳 돌아들어 벽오동 있는 곳이 소녀의 집이로소이다."

이 도령이 춘향을 별안간 보낸 후에, 책방으로 돌아오니 정신이 산만하여 진정할 길 없는지라. 마지못하여 서책을 보려하고 펼쳐 놓은즉, 글자마다 춘향이요 글귀마다 춘향이라. 한자가 두 자 되고, 한 줄이 두 줄 되어 모두 춘향이라.

정신 없는 중에 이 책, 저 책 대충대충 읽어 보니,

"하늘 천(天), 따 지(地), 가물 현(玄), 누루 황(黃). 천하의 만물 중에 사람이 가장 귀하니, 천황씨는 목덕(木德)으로 왕이 되어 섭제별에서 세상을 일으켜 자연스럽게 나라가 태평한지 이십삼 년이라.[15] 처음에 명하기를 진대부, 위사, 조적 한건

---

15) 『사략(史略)』의 구절.

을 제후로 삼았다.[16] 원형이정(元亨利貞)은 천도(天道)의 모습이요, 인의예지(仁義禮智)는 인성(人性)의 근본이라.[17] 대학의 도는 밝은 덕을 밝게 하는 데 있으며 백성을 새롭게 하는 데 있도다.[18] 공자 왈, 배우고 때때로 익히면 또한 즐겁지 아니한가.[19] 맹자가 양혜왕을 알현하셨는데, 양혜왕이 말하기를 천릿길을 마다하지 않고 오셨으니 우리나라를 이롭게 하시렵니까?[20] 서로 소리를 주고받는 새는 물가에서 노닐고, 아름다운 여인은 군자의 좋은 짝이로다.[21] 건(乾)은 원(元)하고 형(亨)하고 이(利)하고 정(貞)하니라.[22]"

하다가 하는 말이

"이 글을 못 읽겠도다. 글자가 다 뒤집혀 보이는구나. 하늘 천(天)이 큰 대(大) 되고 『사략』이 노략이 되고, 『시전』이 선전 되고 『서전』이 딴전 되고, 『통감』이 곶감 되고 『논어』가 붕어 되고, 『맹자』가 탱자 되고, 『주역』이 누역이 되어, 보이는 것이 다 춘향이라. 보고 지고. 칠 년 큰 가뭄에 빗발같이 보고 지고. 구 년 홍수에 햇빛같이 보고 지고. 달 없는 동쪽 하늘에 불 켠 듯이 보고지고. 통인, 방자, 군조, 사령, 별감, 좌수, 약정, 풍헌, 급창이 다 춘향으로 보이는 듯 온 집안이 다 춘향이

---

16) 『통감(痛鑑)』의 첫 구절.
17) 『소학(小學)』의 구절.
18) 『대학(大學)』의 첫 구절.
19) 『논어(論語)』의 구절.
20) 『맹자(孟子)』의 구절.
21) 『시경(詩經)』의 첫 구절.
22) 『역경(易經)』의 첫 구절.

라. 이를 어찌하잔 말고. 보고 지고, 잠깐 보고 지고."

전전반측하여 소리나는 줄 깨닫지 못할 즈음에, 동헌에서 사또가 이 소리를 듣고 통인 불러 분부하되,

"네 바삐 책방에 가서 도련님더러 글을 아니 읽고 무엇을 보고 지고 하는지 자세히 알아오라."

통인이 책방에 가서 이 말씀을 전하니, 이 도령이 하는 말이,

"다름이 아니라 글을 읽다가 『시전(詩傳)』「칠월편(七月篇)」을 보고 지고 하더라 여쭈어라."

하고, 계속 보고 지고 하다가 방자 불러 묻는 말이,

"해가 얼마나 갔는고?"

방자 하늘을 가르쳐 여쭈오되,

"이제야 백일이 중천에 도착했나이다."

이 도령이 마음속으로 한탄하는 말이,

"어제는 저 날이 뒷덜미를 치는지 그리 빨리 가더니, 오늘은 뒤를 결박하였는지 어찌 그리 더디 가는고? 날이 심술도 불량하다."

이윽고 방자 놈이 저녁밥상을 올리거늘 이 도령이 하는 말이,

"밥인지 무엇인지 해가 얼마나 남았느뇨?"

방자 여쭈오되,

"해가 이미 지고 달이 동쪽에서 솟나이다."

이 도령이 사또 퇴근하기를 기다렸다가 몸을 숨겨 가만히 성을 넘어 방자 놈을 따라 감돌아 풀도라 훨쩍 돌아들어 춘향의 집을 찾아가니라.

이때, 춘향이 인적이 조용한 곳에 사창(紗窓)[23]을 반쯤 열고, 벽오동 거문고에 새 줄을 얹어 무릎 위에 놓고, 「대인난」[24] 곡조를 연주하며 노래한다.

"덩지덩, 둥둥지덩. 동당슬갱."

이렇듯 노닐 적에, 이 도령이 문밖에서 춘향 어미를 부르니, 춘향 어미 나와서 본즉 책방 도련님이라. 매우 놀라는 척하며 이른 말이,

"이 어인 일이요? 사또께서 아시면 우리 모녀 다 죽을지니 바삐 돌아가라."

이 도령이 하는 말이,

"관계치 않으니 바삐 들어가자."

춘향 어미 음험한 구석이 있어 속으로 딴마음을 먹고,

"잠깐 다녀가라."

이 도령 앞세우고 들어간다.

춘향의 집을 차례로 살펴보니, 사면 팔(八) 자, 입 구(口) 자로 기둥 높은 대문, 안사랑에 안팎 중문, 줄행랑이 즐비하고, 층층한 벽창, 초헌, 다락이며, 대청 여섯 간, 안방 세 간, 건넌방 두 간, 찻간 반 간, 부서 한 간, 내외 분합,[25] 툇마루에 둥근도리, 부채 같은 추녀는 대접받침 분명하다. 완자창,[26] 가로닫이 국화새김 제법이다. 부엌 세 간, 광 네 간, 마구 세 간 검소하다.

---

23) 깁으로 바른 창.
24) 곡조의 명.
25) 대청 앞의 네 쪽이 긴 창살문.
26) '卍' 자 모양의 창.

흰 마름꽃 도배에 푸른 마름꽃 띠를 띠고, 멋있는 장판과 천장이며 벽 아래 둘러친 당유지(唐油紙)[27]는 제격이라. 벽에 붙인 서화(書畵), 입춘서(立春書)는 천하 명인의 솜씨로다. 동쪽 벽에는 진처사 도연명이 팽택 수령 거절하고 추강에 배를 띄워 청풍명월에 흐르듯 저어 심양으로 향하는 모습을 그렸고, 서쪽 벽에는 삼국 시절 요란할 때 한나라 유현덕이 적토마를 바삐 몰아 비바람 치는 중에 와룡선생 보려고 정성을 다해 가는 형상을 그렸고, 남쪽 벽에는 가난한 강태공이 위수(渭水)에서 갈대 삿갓 숙여 쓰고 줄 없는 낚싯대를 드리우고 주문왕을 기다리는 모습을 그렸고, 북쪽 벽에는 육관대사의 제자 성진이 봄바람 부는 석교 위에서 팔선녀를 만나 육환장을 흰 구름 사이에 흩던지고 합장배례하는 형상을 그렸다. 바다학, 복숭아꽃, 십장생(十長生)을 가로로 붙여 두고, 부엌문에는 열오정제팔신(列伍鼎祭八神)[28]이요, 광문에 취지무궁 용지불갈(取之無窮 用之不渴)[29]이요, 방문 위에 부모천년수 자손만세영(父母千年壽 子孫萬世榮)[30]이요, 중문에는 우순풍조 시화세풍(雨順風調 時和歲豊)[31]이요, 대문에는 울지경덕 진숙보(蔚之敬德 陣叔寶)[32]를 써 붙였고, 춘도문전증부귀(春到門前增富貴)[33]는

---

27) 기름종이의 일종.
28) 여덟 신에게 제사를 받든다는 뜻.
29) 가져도 끝이 없고 써도 마르지 않다는 뜻.
30) 부모는 천년을 살고, 자손은 만대에 영화롭다는 뜻.
31) 비와 바람이 순조로우니 시절이 평화롭고 해마다 풍년이 든다는 뜻.
32) 모두 유명한 장군을 지칭.
33) 문 앞에 봄이 오니 부귀가 늘어난다는 뜻.

문 위에 가로로 써 붙였구나.

뒷동산에 정자 짓고, 앞 연못에 연꽃을 심어 두고, 돌 다듬어 면을 맞춰 층층계단을 쌓았구나. 쌍쌍이 있는 오리며, 징경이[34]며, 대접 같은 금붕어는 물위에 둥실 떠서 이리로 출렁저리로 꿈틀 노는구나.

삼층 꽃층계 살펴보니 동쪽에 매화꽃, 서쪽에 흰 국화, 남쪽에 붉은 국화, 북쪽에 금빛 오죽(烏竹), 가운데 황색 국화. 예쁘구나 산국화는 좌우에 벌여 있다. 노송(老松), 반송(盤松), 계수나무와 왜철쭉, 진달래, 민들레 인물이 일색이다. 봉선화, 석류, 들쭉, 종려, 모란, 작약, 치자, 동백이며 키가 큰 파초잎과 춘매, 동매, 분도, 포도, 영산홍과 원추리, 구기자는 휘드러져 굽이굽이 얽혀 있다.

집물치레 볼작시면, 금빛 들미장, 좋은 머리장, 자개 함롱, 반다지, 왜경대, 가께수리, 닭발 같은 옷걸이며, 철침, 퇴침, 벼룻집, 쌍봉 그린 빗접고비,[35] 용머리 꿩꼬리로 장식한 빗자루며, 청동화로, 전대야, 놋촛대를 여기저기 벌려 놓고, 벽오동 거문고에 새 줄 달아 세워 놓고, 샛별 같은 요강, 타구 발치발치 던져 두고, 이층장, 삼층탁자, 귀목뒤주, 당화기며 동래기명, 실굽다리 좌우에 저렁저렁 늘어 놓았구나.

춘향이 계하에 바삐 내려 옥수로 이 도령의 손을 잡고 방으로 들어가 앉은 후에 방치레를 살펴본다. 대병풍에 그린 곽분

---

34) 물수리. 강이나 바다에서 고기를 잡아 먹고 산다.
35) 주로 나무 판자로 만들어 편지나 종이 등을 꽂아 두는 것. 빗접고비는 빗이나 빗치개, 머리카락 주머니 등을 꽂아 두는 고비.

양(郭汾陽)³⁶⁾ 행락도(行樂圖)³⁷⁾며 중병풍에 그린 왕희지 난정
연(蘭亭宴)이며 호엽도(胡獵圖) 그린 곡병(曲屛)³⁸⁾을 둘러치고
돌돌말이 봉 그린 족자며 원앙금침, 잣베개 더욱 좋다.

춘향이 주찬을 갖추어 은근히 드리니, 갖은 음식 풍성한지
라. 팔모접시, 대모반, 큰 양푼에 갈비찜, 작은 양푼에 제육무
침, 맵시 있는 송편이며, 먹기 좋은 꿀설기,³⁹⁾ 보기 좋은 화전
이며, 송기떡, 조악⁴⁰⁾ 고여서 받쳐 놓고 푸른 배, 누른 배며, 깎
은 생밤, 작은 곶감이로다. 봉전복, 소 염통산적, 소 양볶음이
며, 꽥꽥 푸드덕 꿩다리, 영계찜 곁들여 놓고, 청포도, 흑포
도, 머루, 다래, 유자, 감자, 사과, 석류, 참외, 수박, 개암, 비
자, 초장, 겨자, 생청⁴¹⁾을 틈틈이 끼어 놓고 온갖 술병을 옆
에 놓았다. 꽃 그린 왜화병, 노란 유리병, 푸른 바다 위의 거
북병, 목 긴 거위병에, 이태백의 포도주, 도연명의 국화주, 마
고선녀의 천일주, 산중처사의 송엽주며, 일년주, 백화주, 이감
고, 감홍로, 자소주, 황소주를 앵무잔에 가득 부어 이 도령
께 전할 적에 권주가를 부른다.

---

36) 당나라 사람으로 온갖 부귀영화를 부렸다.
37) 조선 영조 때 화가인 긍재(兢齋) 김득신(金得臣)의 그림. 주로 혼인 시
에 많이 사용한 그림이다.
38) 머리에 두는 병풍.
39) 떡의 일종.
40) 전병의 일종. 쌀가루를 설탕물에 절여 설탕 가루를 뿌리고 기름에 지
진 것.
41) 꿀의 일종.

잡수시오 잡수시오

이 술 한 잔 잡수시오

이 술 한 잔 잡수시면

천만 년이라도 사오리이다.

이 술이 술이 아니오라

한무제 승로반에

이슬 받은 것이오니

쓰나 다나 잡수시오

제 것 두고 못 먹으면

왕장군의 창고[42]로다.

한번 죽고 나면

누가 한 잔 먹자 하리

살았을 때 이리 노세

사랑하던 우리 낭군

꿈 가운데 잠깐 만나

온갖 회포 다 못하여

날이 장차 밝았구나.

이 도령이 술이 반쯤 취함에 춘향에게 온갖 소리를 다하여 흥을 돋우라 하니, 춘향이 잡소리를 한다.

초당 뒤에 앉아 우는 소쩍새야

---

42) '쌓아 두고도 못 쓰는 것은 왕장군의 창고'라는 속담이 있다.

암놈 적다 우는 새냐
수놈 적다 우는 새냐
빈 산이 어디 없어
이 객창에 와서 앉아 우느냐
저 소쩍새야
빈 산이 많고 많은데
울 곳 가려 울어라.

이 도령이 술을 계속 부어 취하도록 먹은 후에 횡설수설 중 언부언하며 갖가지로 희롱할 적에 북두칠성이 빙글 돌아 자리를 바꾸었다. 춘향이 민망하여 하는 말이,

"이미 달이 지고 밤이 깊었으니 그만 자사이다."

"좋다."

하고 춘향에게,

"먼저 벗고 누워라."

하며 서로 실랑이를 한다. 이 도령이 아무리 취중이나 그저 자기는 재미없으니,

"글자 타령하여 보자."

하고 합환주를 부어 서로 먹은 후에 이 도령이 글자를 모은다.

우리 둘이 만났으니 만날 봉(逢) 자. 잘 썼구나
우리 둘이 마주섰으니 좋을 호(好) 자. 잘 썼구나.
백연가약 이루었으니 즐길 낙(樂) 자. 잘 썼구나.

달 밝은 한밤중에 둘이 벗으니 벗을 탈(脫) 자. 잘 썼구나.

오늘 잠자리 즐거우니 잘 침(寢) 자. 잘 썼구나.

한 베개를 둘이 베고 누었으니 누을 와(臥) 자. 잘 썼구나.

두 몸이 한 몸이 되어 안고 틀어졌으니 안을 포(抱) 자. 좋구나.

두 입이 마주 닿았으니 법중 려(呂) 자. 좋구나.

네 아래 굽어 보니 오목 요(凹) 자. 좋구나.

내 아래 굽어 보니 내밀 철(凸) 자. 좋구나.

남대문이 개구멍이요, 인경[43]이 매방울이요

선혜청이 오푼이요, 호조가 서푼이요

하늘이 돈짝만 하고 땅이 뱅뱅 돈다.

흥에 겨워 노닐 적에 춘향에게 이른 말이,

"인연이 지중하여 서로 만났으니 인(人) 자 타령 하여 보자."

이 도령이 먼저 인(人) 자를 모운다.

숲속에서 어찌 사람을 못 보았는가?

달 맑고 높은 누각에 여인이 있네.

오늘 상황이 바뀌어 친구를 보내네.

궁중에 날아 들어오니 보는 사람이 없네.

버드나무 푸른데 물을 건너는 사람.

낙교에서 사람을 볼 수 없네.

---

43) 통행금지를 알리기 위해 치던 종.

눈보라 치는 밤에 돌아가는 사람.

임하하증견일인(林下何曾見一人)

월명고루유미인(月明高樓有美人)

금일번성송고인(今日飜成送故人)

비립궁중불견인(飛入宮中不見人)

양류청청도수인(楊柳靑靑渡水人)

불견낙교인(不見洛橋人)

풍설야귀인(風雪夜歸人)

귀인, 천인, 노인, 소인, 통인으로 인연하여

양인(兩人)이 혼인하매

너의 대부인이 증인 되니

즐겁기도 그지 없다.

춘향이 여쭈오되,

"도련님은 인자를 달았으니 소녀는 년(年) 자를 달아보리이
다." 하고 글자를 모았다.

근심과 즐거움이 반씩 나누니 백년을 못 사는구나.

오랑캐 말을 타고 오륙 년이나 몰아간다.

늙고서 다시 소년 되는 일 없네.

수염에 서리 내리니 내일 아침이며 또 한 해가 가는구나

함양에 협객 소년이 많구나.

세월이 가고 또 세월이 가는구나.
추위가 다하니 세월을 모르겠구나.

우락중분비백년(憂樂中分非百年)

호기장구오륙년(胡騎長驅五六年)

인로증무갱소년(人老曾無更少年)

상빈명조우일년(霜鬢明朝又一年)

함양유협다소년(咸陽遊俠多少年)

경세우경년(經歲又經年)

한진부지년(寒盡不知年)

거년, 금년, 천년, 만년
우연히 결연하여 백년이 정년(定年)이라.

하니 이 도령이 하는 말이,

"두 사람이 다정하니 천만세를 기약하겠구나. 나는 죽어 새가 되되 난봉, 공작, 원앙, 비취, 두견, 접동일랑 다 버리고, 청조(靑鳥)라는 새가 되고, 너는 죽어 물이 되되 황하수, 폭포수, 구곡수 다 버리고, 음양수란 물이 되어 밤낮없이 물에 떠서 둥실둥실 놀자꾸나. 너는 죽어 회양 금성 들어가서 오리목이 되고 나는 삼사월 칡덩굴이 되어, 밑에서 끝까지 끝에서 밑까지 끝끝들이 휘휘친친 감겨 있어 일생 풀리지 말자꾸나."

이렇듯 즐기다가 날이 새면 몸을 숨겨 돌아오고, 어두우면

천방지축 달려가서 매일 놀고 자취 없이 다닌 지가 여러 날이
되었더라.

이별

이때 성상께서 남원 부사가 백성을 잘 다스린다는 말을 들으시고, 벼슬 올려 호조판서를 제수하시며 부르시는 공문이 내려오니, 부사가 날을 정해 발행한다. 이때 이 도령을 불러 이르되,

"너는 부녀자들을 모시고 먼저 올라가라."

이 도령이 이 말 듣자 넋을 잃고 목이 메어 겨우 대답하고, 내아에 들어가 올라갈 짐들을 챙기는 척하고는 바로 춘향의 집으로 간다. 춘향이 바삐 나와 이 도령의 손을 잡고 목이 메어 울며 두 손으로 가슴을 치며 하는 말이,

"이 일이 어인 일고? 이 설움을 어찌하잔 말인고? 이제는 이별이 절로 될지라. 이별이야 평생의 처음이요, 다시 못 볼 임이로다. 이별마다 섧지만은 살아 생이별은 생초목에 불이로

다. 이별이 원수로다. 남북에 군신 이별, 역로에 형제 이별, 만리에 처자 이별, 이별마다 섧다 하되 우리같이 서러운 이별 또어디 있을까? 답답한 이 설움을 어이하랴?"

이 도령이 두 소매로 낯을 싸고 목이 메어 훌쩍훌쩍 울며 춘향에게 하는 말이,

"울지 마라. 네 울음소리에 장부의 일촌간장(一村肝腸)이 굽이굽이 다 끊어진다. 울지 마라. 평생에 원하기를 너는 죽어 꽃이 되고 나는 죽어 나비 되어 삼월 봄이 다 가도록 떠나 살지 말자고 했지 않더냐? 세상에 일이 많고 조물이 시기하여 오늘 이별을 당하지만 이 이별이 설마 긴 이별 될쏘냐?"

춘향이 하는 말이,

"도련님 올라가시면 나의 일신 그 아니 가련하오? 누굴 바라고 살잔 말고? 겨울밤 여름날의 이 설움을 어찌하잔 말고? 날 죽이고 올라가오."

이 도령 말이,

"사또께서 호조판서를 아니하고 이 고을 사또나 하시더면 우리 둘이 이 이별이 없을 것을. 내게는 이런 원수가 없다마는 울지 마라. 우리 연분은 청송녹죽(靑松綠竹) 같아서 무너지고 끊어질 일 없으리니 설마 후일 상봉하여 그리던 회포를 못 펴볼까?"

사랑하고 안타까운 마음을 달래 보며 마지못하여 이별할 새, 눈물을 금치 못하는지라. 이 도령이 주머니를 열고 면경(面鏡)[44]을 내어 춘향에게 주며 이른 말이,

"장부의 떳떳한 마음이 이 거울과 같을지라. 수백 년이 지

나가도 변하진 아니하리라."[44]

춘향이 하는 말이,

"도련님이 이제 가면 언제나 오려시오? 절로 죽은 고목에 꽃 피거든 오려시오? 병풍에 그린 금닭, 수탉이 긴 목을 늘려 두 날개를 땅땅 치고 꼬끼요 울거든 오려시오? 금강산 상상봉이 평지 되어 물 들어와 배 둥둥 뜨거든 오려시오?"

손에 꼈던 옥지환을 벗어내어 이 도령에게 주며 하는 말이,

"계집의 높은 절개는 이 옥지환과 같을지라. 속세에서 천만 년이 지나간들 옥빛이야 변하리까?"

이 도령이 우리 만날 날이 빨리 올 것이니 '부디부디 잘 있거라' 하고, 노래 하나를 지어준다.

"잘 있거라. 잘 다녀오마. 잘 있거라. 간들 아주 가며 아주 간들 잊을쏘냐? 잠 깨어 곁에 없으니 그것을 슬퍼하노라."

춘향이 화답한다.

"간다고 설워 하지 마오. 보내는 내 마음도 있소. 첩첩산중 깊은 물 부디 평안히 가오. 가다가 긴 한숨 나거든 난 줄 아오."

하였더라.

십 리 밖에 나와 전송할새 춘향이 하는 말이,

"떠나는 회포는 측량할 수 없지만은 나 같은 천한 계집은 잊으시고, 서울 올라가서 학업이나 힘써 입신양명하여 부모께 영화(榮華) 보이고 부디부디 나를 빨리 찾아 오시오. 머리 위에 손 얹고 기다리이다."

---

44) 얼굴을 보는 거울.

이 도령 말이,

"그런 말이야 어찌 다 하리. 부디 맹세를 지켜 내가 오기를 고대하라."

마지못하여 말에 올라 서울로 향한다. 돌아보고 돌아보니 한 산 넘어 오 리 되고, 한 물 건너 십 리 되니 춘향의 모습이 묘연한지라. 할 수 없어 긴 근심 짧은 탄식 벗을 삼아 올라가니라.

춘향이 이 도령을 보내고 눈물을 이리 씻고 저리 씻고 북쪽 하늘을 바라본들 이미 멀어졌는지라. 하는 수 없이 집에 돌아와 의복단장 전폐하고, 분벽사창(粉壁紗窓) 굳이 닫고 무정세월 시름 속에 보내더라.

변학도의 부임과 수청 거부

이때 구관은 올라가고 신관은 임금 은혜에 감사드리고 내려온다. 마중 나온 아전들 인사받은 후에 이방 불러 분부할 즈음에 춘향의 이름을 잊어버리고 묻는다.

"네 고을에 양이가 있느냐?"

이방이 고하되,

"소인 고을에 양은 없사와도 염소는 한 스무 마리 있나이다."

신관이 하는 말이,

"이놈아! 기생 중에 양이가 있느냐?"

이방이 그제야 알아듣고 여쭈오되,

"기생 춘향이 있사오되, 이름이 기생 명부에는 없나이다."

신관이 이 말을 듣고 놀라 이르되.

"이 말이 어인 말고?"

이방이 여쭈오되,

"다름 아니오라 구관 사또 자제 도련님과 서로 언약한 후, 대비정속(代婢定屬)⁴⁵⁾하고 지금 수절하나이다."

신관이 하는 말이,

"이 무슨 말인고? 어린 자식들이 첩을 둔다는 말이 되는 말인가? 아직은 물렀거라."

하고 행차를 꾸려 떠날새,

남대문 바삐 나서서, 칠패, 팔패, 청파, 돌모로,⁴⁶⁾ 동작리를 얼풋 지나 신수원에서 잠을 자고, 상유천, 하유천, 중이, 오산을 지나, 진위읍내에서 점심 먹고, 칠원, 소사, 성환, 빗트리, 천안 삼거리에서 잠을 자고, 진제역을 바삐 지나 덕평, 원터, 인주원 광정, 모로원, 공주 감영에서 점심 먹고, 널티, 경천, 노성에서 잠을 자고, 은진, 닥다리, 여산, 능개울, 삼례를 지나 전주에 들어 점심 먹고, 노구바위, 임실을 얼른 지나 남원 오리정에 다다르니, 일읍의 관리들이 위의를 차려 영접한다.

청도기(淸道旗) 한 쌍, 홍문기(紅紋旗) 한 쌍, 주작기(朱雀旗), 좌우에 홍초남문 한 쌍, 곤장 한 쌍, 순시기(巡視旗) 한 쌍,⁴⁷⁾ 금고(金鼓)⁴⁸⁾ 한 쌍, 호총⁴⁹⁾ 한 쌍, 바라 한 쌍, 피리 한

---

45) 관기와 양반 사이에 난 자녀에 한하여 자기 집 여종을 바치면 천민에서 해방시킬 수 있는 제도.
46) 지금의 이태원 부근.
47) '청도기'부터 '영전'까지는 「완판본」의 본문과 주석 참조.
48) 징과 북.
49) 총의 일종인 듯.

쌍, 날라리 두 쌍, 나발 두 쌍, 영기(令旗) 열 쌍, 왼쪽에는 관이(貫耳), 오른쪽에는 영전(令箭)[50] 앞세우고 별동대, 제 집사, 장교들이 좌우에 서 있다. 아이 기생은 녹의홍상(綠衣紅裳)을 입고 어른 기생은 벙거지 쓰고 늙은 기생이 인솔한다. 모든 관속이 뒤를 따르니 위의가 거룩하되, 신관의 속마음은 춘향만 오매불망이라. 도임 후에 민생치안, 공사(公事)는 묻지 않고,

"우선 기생 점고하라."

기생 명부를 앞에 놓고 차례로 호명하여, 채련이, 홍련이, 봉월이, 추월이 등이 다 나오지만 춘향의 이름이 없거늘,

이방 불러 묻는다.

"춘향의 이름이 명부에 없으니 어찌 된 일인고?"

이방이 대답하되,

"춘향이 대비정속 후 지금 수절하고 있나이다."

신관의 말이,

"저에게 수절이 어이 있으리오. 빨리 잡아들이라."

군노, 사령 등이 우당퉁탕 바삐 가서 대문을 박차며 춘향을 부르니, 춘향이 매우 놀라 나와서는 곡절을 물은즉, 잡으러 온 관졸이라. 어미를 불러 우선 주찬을 먹인 후에 돈 닷 냥을 주며 이른 말이,

"이것이 약소하나 사양치 말고 술값이나 하오."

사령 등이 일부러 사양하다 받으며 하는 말이,

"우리 곤장을 맞는 일이 있어도 말하지 않을 것이니 염려

50) 관이와 영전은 전쟁에서 쓰이던 화살의 일종.

말라."

　돌아가서 관아에 아뢰되,

　"춘향이 목숨이 위태롭기로 대령하지 못하였나이다."

　신관이 크게 화를 내면서,

　"사령을 엄히 곤장을 쳐 하옥하라."

　장차(將差)[51]에게 분부하여,

　"잡아들이되, 지체했다가는 가만 두지 않을 것이니라."

　모든 장차들이 나가서 춘향에게 하는 말이,

　"너로 인해 다른 사람 다 죽겠으니 사정을 봐줄 길이 없는지라. 빨리 가자."

　재촉하거늘 춘향이 울며 이른 말이,

　"여러 오라버니, 들어 보오. 스스로 지은 죄는 알지 못한다 하거니와 유죄무죄(有罪無罪) 간에 성화같이 잡아 오라 하니 내 무슨 죄 있느뇨?"

　차사 등의 말이,

　"네 형상이 비록 불쌍하고 가련하나 우린들 어찌하리? 할 수 없나니 빨리 감만 못하니라."

　춘향이 할 수 없어 머리를 싸매고 헌 저고리, 몽당치마 둘러 입고, 헌 짚신을 끌고 죽으러 가는 듯한 걸음으로 간다. 내내 울면서 관문에 이르니, 신관이 벼락같이 소리 질러,

　"잡아들이라."

　아래에 섰던 나졸이 일시에 내달아 춘향의 머리를 비단시

---

51) 고을의 원이나 감사가 심부름으로 보내던 사람.

장 통비단 감듯, 잡화가게 연줄 감듯, 사공 놈이 닻줄 감듯, 휘
휘친친 감아쥐고 동댕이쳐 잡아들인다. 신관이 춘향을 한번
보자 형산 백옥이 진토에 묻힌 모습 같기도 하고, 밝은 달이
먹구름 속에 숨은 모습도 같으니,

"더욱 수수하다."

하며 침을 질질 흘리는지라. 이 낭청(郎廳)[52]을 돌아보며 하
는 말이,

"듣던 말과 같은 줄 아는가?"

이 낭청 대답이 '귀에 걸면 귀걸이 코에 걸면 코걸이' 식으
로 말하며 신관의 마음만 맞추더라.

신관이 분부하되,

"네 본읍 기생으로 도임 초에 대령하지 않은 것이 잘한 짓
이냐?"

춘향이 아뢰되,

"소녀는 구관 사또 자제 도련님을 모신 후에 대비정속 하온
고로 대령치 아니하였나이다."

신관이 화를 내어 분부하되,

"고이하다. 너 같은 노류장화(路柳墻花)[53]가 수절이란 말이
고이하다. 네가 수절하면 우리 마누라는 기절할까? 요망한 말
말고 오늘부터 수청을 거행하라."

춘향이 여쭈오되,

---

52) 관아의 벼슬아치. 군관(軍官)의 하나.
53) 기생을 지칭한다.

"만번 죽사와도 봉행치 못할소이다."

신관의 말이,

"네 잡말 말고 분부대로 거행하여라."

춘향이 여쭈오되,

"옛말에 '충신은 두 임금을 섬기지 않고 열녀는 두 지아비를 섬기지 않는다'고 하오니, 사또께서는 응당 아실지라. 만일 나라가 불행하여 어려운 때를 당하오면 사또께서는 도적에게 굴복하시리이까?"

신관이 이 말을 듣고 크게 화가 나서 강변에 놓인 소가 날뛰듯 하며,

"춘향을 형틀에 빨리 잡아 올리라."

나졸이 내달아 춘향을 결박하여 형틀에 앉힌 후에 형방이 판결 사연을 읽는다.

"실로 너의 몸이 천한 기생으로 처지를 생각하지도 않고 수절을 하는 것은 대관절 무관 까닭인가? 또한 관장(官長)에게 첫 대면을 하고서 발악을 하며, 관장을 업신여기니 해괴망측한 일이로다. 그 죄는 죽어 마땅하니 엄히 다스려 매우 치노라."

집장을 분부하여,

"매우 치라."

하는 소리에 춘향의 간장이 봄눈 녹듯 한다. 군노 등이 주장, 곤장, 도리깨 다 버리고 형장을 눈 위로 번쩍 들어, 매 수를 헤아리는 소리에 발 맞추어 한번 후려치니, 청천백일에 벽력 소리 같은지라.

신관이 이르되,

"이제도 분부 거역할쏘냐?"

춘향이 여쭈오되,

"사또께서 이러지 마시고, 용천검(龍泉劍), 태아검(太阿劍)으로 내 몸을 둘로 베어, 아랫토막은 저미거나 오리거나 굽거나 지지거나 갖은 양념에 주무르거나 하고 싶은 대로 하실지라도 목은 한양성으로 보내 주시기를 바라나이다."

신관의 말이,

"저년, 요악한 년. 한 매에 승복하게 하라."

하니, 집장이 한 번 치고 두 번 치니 백옥 같은 다리에 솟아나는 것은 유혈(流血)이라. 보는 이 뉘 아니 가련히 여기리오?

열 장부터 서른 장에 이르러서는 정신을 못 차리고 죽은 듯 한지라. 분부하여,

"하옥하라."

하니, 사장이 춘향을 앞세우고 끌고 나간다. 춘향이 대성통곡 왈,

"내 삼강오륜을 몰랐던가 나라의 곡식을 훔쳤던가? 형장 한번 받는 것도 원통하거늘 또 칼 씌우고 족쇄 달아 가두기는 무슨 일인고? 우리 도련님 한번 보고 죽어지면 한이 없으련만 이같이 분골쇄신하여 죽기에 이르니 이런 원통한 일 또 있는가?"

춘향 어미 하는 말이,

"네 수절이란 게 무엇이냐? 약한 몸에 중형을 당하니 불쌍도 하지만은 도리어 가증스럽도다. 내 말대로 수청을 들었다면 이 지경이 될 리 없고, 일읍 권세를 모두 쥐어 남원 것이

다 네 것이 될 것이거늘, 네 수절이란 것이 무엇인고? 너를 무남독녀로 금옥같이 길렀거늘 이 모습을 보니 어찌 애닯지 않으리오?"

하고 모녀가 서로 옥신각신한다.

이때 남원 한량들이 춘향의 소문을 듣고, 여숙이, 군평이, 태평이, 군빈이, 사빈이, 어중이, 떠중이, 털풍헌, 안약정 등등이 모두 춘향의 경상을 보고, 혹 위로도 하며 혹 청심환도 풀어 넣으며, 혹 동변(童便)[54]도 풀며 혹 민강사탕,[55] 꿀떡 등등도 권하며 한바탕 분분히 지저귄다. 무숙이는 춘향을 업고, 군평이는 부채질하고, 떠중이는 칼머리를 받들고, 태평이, 군빈이 등은 좌우로 둘러싸며 멀지 않은 옥문을 천신만고 끝에 다다르니, 놀라서 허둥지둥하는 모습이 가히 볼 만하더라.

춘향이 한량을 보낸 후 눈물을 흘리며 탄식하여 왈,

"오랜 세월 이 내 설움을 어찌할꼬? 옛날 어진 성현 주문황도 유리옥에 갇혔다가 고국으로 돌아가시고, 절개 높은 충신 중낭장[56]도 철옹성에 갇혔다가 고향으로 돌아왔으니 이런 일을 볼작시면 나도 언제나 옥중을 벗어나서 우리 도련님을 만나 볼까?"

하며 거적자리에 칼머리를 베고 누워 정신이 혼미하더니, 춘향 어미 미음을 가지고 와서 춘향을 불러 왈,

"춘향아. 죽었느냐 살았느냐? 음성이 안 들리니 이 일을 어

---

54) 약재로 사용하는 어린 남자 아이의 오줌과 똥물.
55) 중국 과자의 일종.
56) 무관의 이름.

찌 하잔 말고."

방성대곡할 즈음에 춘향이 놀라 정신을 차려보니, 제 어미 미음을 권하거늘 춘향의 말이,

"아무리 맛있고 진기한 음식이라도 싫은지라. 아무래도 도련님 다시 보고 죽겠으니, 내 병은 편작(扁鵲)이라도 고칠 수 없는지라. 만일 죽거든, 육진장포(六鎭長布)[57]로 염습하여 질끈질끈 동여매어 아무리 명산대천(名山大川)이라도 묻지 말고 한양에 올려다가 도련님 다니는 길에 묻어 주어 도련님 왕래 시에 목소리나 듣게 하여 주오."

춘향 어미 하는 말이,

"이것이 웬 말인고? 너를 낳아 진 자리 마른 자리 가려 눕히고 쥐면 꺼질까 불면 날아갈까 길러 내었더니, 이제 원수의 몹쓸 놈을 철석같이 믿고, 수절인지 정절인지 하다가 이 형벌을 받으니, 그 어찌 원통치 아니리오? 너도 마음을 돌려 생각하여 어미 간장을 태우지 말고 수청을 들면 그 아니 기쁠쏘냐?"

춘향의 말이,

"모친은 이런 말 두 번 다시 마오. 어느 하늘에 비가 올지 눈이 올지. 사람의 일을 모르나니 죽을지언정 내 마음은 한결 같을지라. 모친은 부질없는 걱정 말고 집에 돌아가라."

하거늘 이러구러 여러 달이 지나자 걱정과 탄식으로 벗을 삼아 세월을 허송한다. 하루는 비몽사몽간에 천하를 두루 돌아다니다가 집에 돌아오니 방문 위에 허수아비를 달았고, 뜰

---

57) 함경북도 육진에서 나는 긴 베.

에 앵두꽃이 떨어지고, 보던 몸거울이 한복판이 깨어졌다. 깨
달으니 남가일몽이라.

"이것이 무슨 일고? 내가 죽을 꿈이로다. 죽기는 서럽지 않
지만 도련님을 다시 못 보고 죽으면 눈을 감지 못하리라."

하고 한탄할 즈음에 마침 건너 마을 허 봉사란 점쟁이가 지
나가거늘 옥졸에게 점쟁이를 불러 달라고 하니,

"죄수 춘향이 부른다."

허 봉사 감옥을 찾아가는데 길에 풀이 가득하다. 옷을 걷
어 안고 눈을 희번덕이며 코를 찡긋 그리고 막대를 휘저으며
입으로 휘파람을 불며 오다가 소똥에 미끄러져 개똥에 엎어
져 손을 짚으니, 제 혼잣말로,

"이리 미끄러우니 소똥이로고."

하며, 손을 뿌리치다가 감옥의 담 모퉁이에 부딪치니 아픔
을 견디지 못하여 입에 넣으니 어찌 가소롭지 않으리오.

옥문을 찾아가니, 춘향이 들어오라 하니 봉사 들어가 앉으
며 하는 말이,

"네 일이야 할 말 없다. 매 맞은 곳이나 만져 보자."

춘향이 두 다리를 끌러 보여 준다. 헌데 점쟁이 놈이 음흉
하여 상처는 만져 보지 않고 두 손으로 종아리부터 치만지며
하는 말이,

"아뿔사, 몹시 쳤구나. 김 패두가 치더냐? 이 패두가 치더
냐? 바른 대로 일러라. 내게 굿날 택일하러 오면 곧 죽을 날을
택일하여 줄 것이라. 그 원한은 내가 갚아 주마."

하고, 이리 만지며 저리 만지며 점점 들어가다가 두 다리

사이 은밀한 곳을 꼭 찌른다. 춘향이 분을 못 이기어 바로 뺨을 치려다가, 점을 잘하지 않을까 하여 좋은 말로 이른 말이,

"봉사님, 생각하여 보오. 우리 아버님과 좋은 친구 사이였는데 나의 운수가 불행하여 부친이 먼저 돌아가셨으니 봉사님은 우리 아버님과 다름이 없는지라. 체면 없이 그런 짓 마시고 점이나 잘 보아 주오."

봉사 놈이 말눈치 알아듣고 어수룩하게 대답하되,

"네 말이 옳다. 우리 사이가 부친끼리의 연분뿐만 아니라 성이 다른 친척과도 비슷하니, 우리 동네 이 서방 팔촌 형의 외손이오. 어찌하면 복상칠촌(腹上七寸)[58]이 될 법하니라."

춘향이 알아듣고 하는 말이,

"봉사님을 부모로 아니 점이나 잘하여 주오."

하고 돈 세 냥을 주니 봉사가 사양하며 왼손으로 받으면서,

"우리 사이에 복채 없다고 무슨 문제가 있으랴. 꿈말이나 자세히 이르라."

하거늘, 춘향이 수말을 다 이르니 봉사 그제서야 점통을 높이 들어 주문 왈,

"하늘이시여 이 정성 받으시고 신령이시거든 영감을 내리소서. 모년 모일 해동 조선국 팔도 육십 주 안에 전라도 남원부 아무 면에 사는 아무 생 남자와 아무 생 여자 두 부부의 금년 운세의 길흉 여부와 아무 일 밤 꿈이 여차여차 하옵기로 그 뜻을 묻나이다. 엎드려 바라옵나니 소강정, 주소공, 곽백, 이

---

58) 칠촌의 사이지만 서로 동침할 수 있는 처지.

순풍, 제갈공명, 홍계관 등 모든 선생은 마땅한 점괘를 내리시어 길흉을 판단하소서."

하고 점을 마치고 이르는 말이,

"화락(花落)하니 능성실(能成實)이요, 경파(鏡破)하니 기무성(豈無聲)인가? 문상(門上)에 현괴뢰(懸傀儡)하니 만인(萬人)이 개앙시(皆仰視)라. 이 글 뜻은, 꽃이 떨어지니 능히 열매를 이룰 것이요, 거울이 깨어지니 어찌 소리 없으며, 문 위에 허수아비를 달았으니 이 반드시 이 도령이 급제하여 빨리 만나 볼 점괘라."

하거늘 춘향의 말이,

"어찌 그렇기를 바라리오?"

봉사의 말이,

"옷고름을 맺고 내기할 것이니 조금도 염려 말고 그사이 잘 있으라."

하고 가거늘 춘향이 생각하되,

"만일 이 점괘 같을진대 그런 즐거운 일이 어디 있으리오?"

하고 이렇듯 밤낮으로 번뇌하더라.

재회와 어사 출도

이때 이 도령이 올라가서 밤낮으로 학업에 힘쓰니 세상사를 모두 잊고 상투를 달아 매고 송곳으로 다리를 찔러가며 침 뱉어 손에 쥐고 책상에 앉아 공부를 지성으로 한다. 천자문, 동몽선습, 사서삼경, 온갖 경전을 통달하여 이태백, 유종원(柳宗元),[59] 백낙천(白樂天),[60] 두자미(杜子美)[61]를 압도하니 어찌 천하의 문장이 아니리오.

이때는 비와 바람이 순조로워 시절이 평화롭고 해마다 풍년이 들어 백성들이 격양가를 부르는지라. 조정에서 어진 선

---

59) 당나라 때의 시인.
60) 당나라 때의 시인 백거이(白居易).
61) 두보(杜甫)를 지칭한다.

비를 뽑으려고 태평과(太平科)[62]를 여신다. 이 도령이 종이를 둘러매고 과거장에 들어가 글제 내린 현판을 바라보니 '강구(康衢)의 문동요(聞童謠)'[63]라 하였다. 종이를 펼쳐 놓고 용벼루에 먹을 갈아 황모붓에 묻혀 일필휘지하니 문장이 흠잡을 데 전혀 없다. 제일 먼저 제출하니 윗전 시험관이 받아 보니 문장과 글씨가 전혀 흠 잡을 데 없다. 구절마다 잘 되었다는 표식이 달리고 글자마다 좋다는 점이 찍힌다. 장원급제에 이름 걸고 높이 호명하니 이 도령이 바삐 걸어 임금께 나아가 은혜에 감사드린다. 물러나올 적에 머리에는 어사화요 몸에는 관복이요 허리에는 학 그린 띠요 왼손에 옥홀(玉笏)[64] 오른손에 홍패(紅牌)[65]로다. 풍악이 앞을 인도하고 금안장 지운 백마에 비스듬히 앉아 큰길로 나아가니 천하 사람이 우러러본다. 집에 들러 사흘을 머문 후에 산소에 소분하고 돌아와 임금께 뵈오니 하교하시기를,

"네 아비는 나라의 기둥이라. 오늘 너의 얼굴과 문필을 보니 어찌 아름답지 아니하리오?"

하시고 소원을 물으시니 이 도령이 여쭈오되,

"천하가 태평하오니 궁궐이 깊고도 깊어 백성들의 고통을

---

62) 시절이 태평하거나 나라에 경사가 있을 때 임시로 실시했던 과거.
63) '강구'는 '강구연월(康衢煙月)'로 태평한 시절을 뜻한다. 태평한 시절을 노래하는 아이들의 소리가 들린다는 뜻.
64) 관리가 임금 앞에서 조회를 할 때 관복에 갖추어 손에 쥐던 패.
65) 문과에 급제한 사람에게 성적과 등급, 이름 따위를 기록하여 주던 붉은 종이의 증서.

살피지 못하오실지라. 신이 각도에 순행하여 수령의 선악(善惡)과 백성의 근심과 즐거움을 염탐하여 성상의 교화를 펴고자 하나이다."

임금이 들으시고 말씀하시되,

"임금을 사랑하는 마음이 매우 간절하니 나의 고굉지신(股肱之臣)[66]이로다"

하시고 즉시 삼도어사를 제수하시니 어사가 하직하고 물러나 곧장 행차한다.

마패를 허리에 차고, 칠 푼짜리 헌 파립에 헌 망건, 박쪼가리 관자 달고, 물렛줄로 당줄 하고, 헌 도포에 닷 푼짜리 무명동다회(童多繪)[67]를 가슴에 질끈 눌러 띠고, 짚신을 둘러매고, 살이 가는 부채로 얼굴을 가리고, 버선목 주머니에 탄담배, 골통대[68]가 제격이라.

역졸을 데리고 가만히 숭례문을 내달아, 남대문 시장, 종로 포도청, 백사정, 동작리를 바삐 건너 승방들,[69] 남태령 급히 넘어 과천, 인덕원, 갈뫼, 사근평, 참나무정리를 얼핏 지나 덕평, 원터, 인숙원, 광정, 활원, 물원, 새술막을 지나 공주, 금강 얼핏 건너 널티, 정천, 노성을 지나 은진, 닥다리, 여산, 능기울, 삼례를 지나 전주성 안에 가만히 들어간다. 여기저기 염문하고 노구바위를 지나 임실에 다다르니 이때는 춘삼월 호시절

66) 다리와 팔에 비유할 만한 충신.
67) 매듭에 쓰는 끈목.
68) 담뱃대의 일종으로 길이가 짧은 것.
69) 지금의 이태원 부근.

이라.

한 곳을 바라보니, 먼 산은 중중(重重), 가까운 산은 첩첩(疊疊), 빼어난 바위는 층층(層層), 장송(長松)은 낙락(落落), 집오리는 둥둥, 두견 접동은 좌우에 뛰노는데, 열 없는 산 따오기는 이 산으로 가며 따욱, 저 산으로 가며 따욱 울음 운다. 또 한편을 바라보니 마니산 갈까마귀 돌도 차돌도 아무것도 못 얻어먹고 태백산 기슭으로 이렇듯 울음 운다. 또 한 곳 바라보니 층암절벽 사이에 홀로 우뚝 섰는 고양나무, 겉에는 벌레 먹고 좀 먹어 속은 아무것도 없이 아주 텅 비었는데, 부리 뾰족, 허리 짤룩, 꽁지 뭉퉁한 딱따구리 거동 보소. 크나큰 아름드리 나무를 한아름 들입다 안고 툭두덕 꾸벅거리며 내는 소리 그것인들 경치 아닐쏘냐? 또 한 곳을 바라보니 온갖 초목이 무성한데 천두목, 지두목, 백자목, 행자목, 회양목, 늘어진 장송(長松), 부러진 고목, 떡갈나무, 산유자, 박달나무, 능수버들 들은 한 가지 늘어지고 두 가지 펑퍼져 휘늘어져 구비마다 층층이 맺혀 있다. 십 리 안에 오리나무, 오 리 밖에 십리나무 마주 섰다. 은행나무는 임을 그려 상사나무, 입 맞추어 쪽나무, 방귀 뀌어 뽕나무, 한 다리 전나무, 두 다리 들메나무, 하인 불러 상나무, 양반 불러 귀목나무, 부처님께 공양나무. 구경 다한 후에 또한 모퉁이를 돌아가니 높은 밭, 낮은 밭 농부들이 갈거니 심거니 「격양가」를 노래한다.

해마다 풍년 드는 태평 시절
넓은 들 농부네야.

태평 시절 동요 듣던 요임금에

우리 아니 버금인가?

얼럴럴 상사디야.

배 불러 즐거운 우리 농부

천추만세 즐거워라

얼럴럴 상사디야.

순임금 만든 쟁기로

역산에 밭을 갈고

신농씨(神農氏) 만든 따비

천만세 전해지니

그인들 농부 아니신가

산승[70] 같은 혀를 물고 잠을 든다

얼럴럴 상사디야.

거적자리 추켜 덮고

연적 같은 젓을 쥐고

얼럴럴 상사디야

　

흥에 겨워 노래 부르거늘, 어사 부채로 얼굴을 가리고 이 소리를 다 들은 후에 농부에게 묻는 말이,

"저 농부야. 말 좀 물어보자."

여러 농부가 서 있다가 한 농부 내달아 하는 말이,

"차림새도 어지러운 사람이 누구에게 반말을 하느냐? 말은

---

70) 떡의 일종.

무슨 말인고? 약집 모퉁이 헐고 병풍 뒤에서 코골다 왔나?"

하고 욕설이 난무할 제 그중 늙은 농부가 나와서 말리며 하는 말이,

"내 소문을 들으니 어사 났다는 말이 있으니 이 사람 괄시 마소. 그도 완전히 맹물은 아니기로 도포자락깨나 입고 반말을 하니 과히 괄시 마소."

하거늘, 이 도령이 이 말 듣고 혼잣말로,

"사람은 늙어야 쓴단 말이 옳다."

하고 또 묻되,

"이 골 원님 공사(公事) 어떠하며, 민폐나 없으며, 또 색 밝히는 춘향을 수청 들렸단 말이 옳은지?"

농부가 화를 내며 하는 말이,

"우리 원님 공사는 잘하는지 못하는지 모르거니와, 참나무 마주 휘어 놓은 듯이 하니 어떻다 하리오?"

이 도령이 하는 말이,

"그 공사 이름이 무엇이라 하더뇨?"

농부 하늘을 보고 크게 웃으며 왈,

"그 공사는 소코뚜레 공사라 하니라. 욕심은 있는지 없는지, 민간에 파는 물건들을 싼값으로 마구 사들이니 어떻다 하리오? 또 원님이 음탕한 사람이라. 철석같이 수절하는 춘향이 수청 아니 든다고 엄히 다스려 옥에 가두었지만 구관의 아들인지 개아들인지 한번 떠난 후 내내 소식이 없으니 그런 소자식이 어디 있을까 보오?"

이 도령이 서서 듣다가 하는 말이,

"남의 일은 알지 못하거니와 욕은 과히 마라."

하고 돌아서서 혼잣말로,

"양반이 욕을 참혹히 보았도다."

하고 한 모퉁이 돌아가니, 초동들이 쇠스랑, 호미를 둘러매고 산유화 소리하며 나오면서 하는 말이,

"어떤 사람은 팔자 좋아 호의호식하며 살고, 어떤 사람은 사주가 험악하여 일신이 난처한가? 빈부고락(貧富苦樂) 들어 보세."

또 한 아이 소리하되,

"이 마을 처녀 저 마을 총각 남자는 장가들고 여자는 시집가고 제법이다. 공평한 하늘 아래 세상 일이 어그러졌도다."

하거늘 이 도령이 서서 보다가 혼잣말로,

"저 아이는 의붓어미 손에서 밥 얻어먹는 놈이요, 저 아이는 장가 못 가서 안달난 녀석이로다."

하고 또 한 곳을 바라보니 황하수, 난한수, 폭포수를 이리 둘러 저리 둘러 함께 모였다가, 굽이굽이 콸콸 울렁퉁탕 흘러갈 때, 꽃은 피었다가 절로 떨어지고 잎은 돋았다가 거센 바람에 떨어져 낙엽 되니 그것인들 아니 볼 만한가? 또 한 모퉁이를 돌아드니 한 주막에 반백 노인이 한가히 앉아 칡덩굴을 비비 꼬아 끈을 삼으며 「반나마」[71]를 부른다.

반나마 늙었으니

----

71) 여기에서는 곡명을 뜻한다.

다시 젊어지진 못하여도

이후나 늙지 말고

항상 지금처럼 되고 지고

백발이 스스로 짐작하여

늦게 늦게 하여라.

하며 덩굴을 슬슬 비비며 줄을 엮거늘 이 도령이 보다가,

"저 노인, 말 좀 물어보자."

하니, 노인이 대답하지 않고, 위 아래로 훑어보며 노래만 부르다가 그제야 하는 말이,

"이보시오! 속담에 조정에는 벼슬이 제일이요 시골에는 나이가 제일이라 하니 보아하니 알 만한데 어찌 그리 용렬하고 어리석느뇨?"

이 도령 말이,

"내 언제 반말했나? 그나저나 들은즉 본관이 색을 밝혀 기생 춘향을 첩으로 삼아 호강하다는 말이 옳은지?"

노인이 화를 내어 하는 말이,

"송백절개 높은 춘향에게 그런 누명은 씌우지 마소. 원님이 음탕하여 춘향이 수청 아니 든다 하고 엄형하여 옥귀신을 만들도록 이 도령인지 난정[72]의 아들인지, 그런 계집을 버려두고 찾질 않으니 그런 쥐아들 개아들놈이 또 어디 있으리오?"

하거늘, 이 도령이 이 말을 들은 후에 춘향 생각이 더욱 간절

---

72) 윤원형의 첩이었던 기생 '난정이'를 지칭한 듯하다.

하다. 일각(一刻)이 여삼추(如三秋)라. 바삐 오수를 지나 남원성 중에 들어가 저리 수군수군 이리 숙덕숙덕 염문한다. 이때, 아전들이 어사 내려온단 말을 소문에 듣고 관전(官田), 포목, 환상(還上),[73] 전결(田結),[74] 짐의 수, 문서 챙길 적에, 사 결[75]에는 한 짐 열다섯 뭉치요, 육 결에는 석 짐 열다섯 뭉치라. 동쪽 창고, 서쪽 창고, 싸전, 포목은 닷 뭉치요, 동창, 서창, 싸전, 포목을 무턱대고 엉터리로 꾸몄더라.

문서 고치는 것을 탐문한 후에 춘향의 집을 급히 찾아간다. 가서 보니 담장은 자빠지고 밖채는 쓰러지고 안채는 기울어져 서까래 벗겨지고 마당은 개똥밭이 되었으니 어찌 한심치 아니리요.

마당에서 살펴보니, 춘향 어미 눈물을 훔치며 탕관에 죽을 쑤며 탄식하는 말이,

"나의 팔자 박복하여 일찍 부모 잃고, 중년에 남편 잃고, 말년에 딸 하나 바랐더니, 원수 이 도령만 믿고 저 지경이 되었으니 이를 어찌하잔 말고? 바라나니 하나님 살피소서."

하거늘, 이 도령이 이 말을 들으니 그 경상이 매우 가련한지라. 탄식하며 왈,

"이것 또한 한때 액운이니 네가 좋을 날이 설마 없으랴?"

하고, 춘향 어미를 부르니 대답하는 말이,

---

73) 환곡과 같은 말. 봄에 백성들에게 곡식을 꾸어 주었다가 가을에 이자를 붙여 받는 것.
74) 논밭에 물리는 세금.
75) 논밭 넓이의 단위로 세금을 계산할 때 사용했다. 1결은 1동의 열배.

"뉘라서 이 심란한 사람을 부르는고?"

하고 나와 한참 보다가,

"거지는 눈도 없는가? 내 집 모양을 보면 모를쏜가? 딸 하나 두었다가 옥중에 갇혀 두고 옥바라지 하느라고 가산을 탕진하였으니 동냥 줄 것 없는지라. 빨리 돌아가라."

하거늘 이 도령이 마음속으로 웃으며 또 부른다. 춘향 어미 그래도 몰라보고,

"그 뉘시오? 김 권롱76)이 환상 재촉하러 왔나 보지만 이 지경이라. 할 수 없으니 죽이거나 살리거나 마음대로 하라."

하거늘 이 도령이 어이없어 또 부르되,

"예전 책방 도련님이로다."

하니 춘향 어미 그제서야 알아듣고 두 눈을 이리 씻고 저리 씻고 자세히 보다가 깜짝 놀라며 하는 말이,

"얼굴은 도련님이 분명하나 의복은 종로의 상거지 모양이니 무슨 일인고? 온통 무명실로 그물 짜듯 얼기설기 하였으니 고이하다. 애고애고, 저 형상 누구에게 말할꼬? 아무리 상거지라도 정도가 있지 이것이 어인 일고? 벽해(碧海)가 상전(桑田)이 되고 상전이 벽해된다 한들 어찌 저렇게도 변하였는고? 애고애고. 도련님 때문에 내 딸 춘향이 옥중에서 죽게 되었을 때, 우리 모녀 주야로 바라나니 도련님이요 기다리나니 도련님뿐일러니 이제 저 형상으로 내려왔으니 이를 장차 어찌하리오?"

---

76) '권롱'은 아전의 한 부류로 농사를 장려하는 사람.

이 도령이 모르는 척하고 그 까닭을 물으니 춘향 어미 울며 전후 사정을 상세히 말한다. 이 도령이 거짓으로 놀라며 하는 말이,

"이 또한 한때의 운수라. 나도 운수가 불행하여 급제도 못하고 꼴이 이 지경이 되었지만 춘향이나 마지막으로 보고 가려고 불원천리하고 왔으니 춘향에게로 가자."

하니, 춘향 어미 마지못하여 이 도령을 앞세우고 갈새, 헌 파립에 짚신으로 발을 싸고, 큰길가에 바람 맞은 병신처럼 비틀비틀 걸어가는 거동이 차마 못 보겠더라. 옥문 밖에 가서 춘향을 부르며,

"애고애고. 밤낮으로 기다리고 기다리더니 잘 되었다 잘 되었다. 종로 상거지 하나 왔으니 보아라. 이년, 보아라."

하니, 이 도령이 역정을 내며 춘향 어미를 밀치고 춘향을 부른다. 춘향이 기운이 피곤하여 칼머리 베고 졸더니 부르는 소리에 놀라 이른 말이,

"게 뉘라서 날 찾는고? 영천(潁川) 강물에 귀를 씻던 소부(蘇父) 허유(許由)가 속세 일을 의논하러 날 찾는가? 술 속의 군자 유령(劉伶)[77]이가 술 먹자고 날 찾는가? 수양산에서 굶어 죽은 백이숙제(伯夷叔齊) 절개 지켜 죽자고 날 찾는가? 아황여영(蛾皇女英)이 순임금을 찾으려고 날 찾는가? 이태백이 시 지을 일을 의논하자고 날 찾는가? 상산(商山)에 숨은 은사(隱士) 바둑 두자고 날 찾는가? 천태산(天台山)의 마고선녀(麻姑仙女) 숙

---

[77] 중국 진(晉)나라의 시인.

낭자[78]를 묻기 위해 날 찾는가? 그 누구라서 날 찾는가?"

하거늘, 이 도령이 또 부르니 춘향이 그제야 음성을 알아듣고 취한 듯 미친 듯 칼머리를 빗겨 차고 벌떡 일어서며,

"이것이 웬 말인고? 꿈인가 생신가? 명천이 감동하시어 만나게 하심인가? 하늘에서 내려왔는가 구름에 싸여 왔는가? 그사이 벼슬에 분주하여 못 왔던가? 구름이 산봉우리에 걸리니 산이 막혀 못 왔던가? 물이 못에 가득하니 물이 막혀 못 왔던가? 어찌 그리 소식을 끊었던고? 내가 죽어 북망산천에 가서 다시 볼까 하였더니 오늘 상봉하니 반갑기도 그지없고 기쁘기도 측량 없네. 칠 년 가뭄에 비를 본 듯, 구 년 홍수에 해를 본 듯 즐겁기도 그지없다."

하며 이른 말이,

"도련님 날 살려 내오. 족쇄나 벗겨 주면 걸음이나 걸어 보세. 옥문 밖에 내어 주면 세상 구경 하여 보세. 애고애고. 이 원통함을 어찌하잔 말고? 도련님 얼굴이나 보세."

이 도령이 가까이 나아가니 춘향이 옥문 틈으로 내다보고 눈물 흘리며 한숨 쉬어 하는 말이,

"도련님 이 모양이 어찌 된 일고? 무슨 연고로 이 지경이 되었는고? 도련님은 이리 되고 나는 옥귀신이 되었으니 하늘이 어찌 이다지도 무심한고?"

이 도령 말이,

"나도 운수가 하도 험하여 급제는 고사하고 이 모양이 되었

---

78) 조선 시대 소설 「숙향전」에서 유래된 표현인 듯하다.

으니 누구를 한하리오? 우리 언약이 철석같기에 불원천리하고 내려왔으니 고생하던 말이야 어찌 다 할꼬? 우리 둘이 팔자가 좋지 않아 지금은 이렇게 되었지만 반드시 좋을 때가 있을 것이니 조금도 서러워 말고 안심하여라."

춘향이 하는 말이,

"불쌍하고 불쌍하다. 그사이에 오죽이나 굶었을까?"

하고 어미를 부르니 춘향 어미 하는 말이,

"날 불러 무엇하랴? 밤낮으로 바라더니 이제는 바라던 길도 끊어지고 기다리던 일도 허사로다. 이 설움을 누구에게 말하자는 말고?"

춘향이 대답하되,

"아무 말도 다시 마오. 속담에 하늘이 무너져도 솟아날 구멍이 있고, 죽을 병에도 살릴 약이 있다고 하지 않소. 그러니 이런 죽을 상을 짓지 말고 내 말대로 하여 도련님 모시고 집으로 가서 따뜻한 저녁밥 지어 대접하고, 자던 방에 내 이불 펴고 나를 본 듯이 주무시게 하오. 내일 내 함농 속에 노리개며 앞뒤 비녀, 비단필을 다 팔아다가 도련님 옷이나 지어 드리오."

하고 이 도령에게 하는 말이,

"부디 내 집에 가서 평안히 쉬오. 내일은 사또 생일이라 필경 일이 있을 것이니 칼머리나 들어 주오."

하거늘 이 도령이,

"어찌 되었건 염려 말라."

하고 춘향 어미를 데리고 가더니 한 모퉁이를 지나서며 춘

향 어미 하는 말이,

"도련님, 어디로 가려 하오?"

하니 이 도령이 어이없어 대답하되,

"자네 아무리 구박해도 오늘 밤만 자고 내일 어디로 갈 것이니 염려 말라."

하고 춘향의 집으로 가서 밤을 지낸다.

이튿날 새벽에 관문 밖에 가서 탐지하니 과연 본관의 생일이 분명한지라. 쌓인 물건들을 살펴보니 이루 다 말할 수 없더라. 동헌 난간을 이어 뜬 계단을 만들고, 구름 같은 차일 높이 치고, 산수병풍, 인물병풍, 모란병풍을 둘렀고, 온갖 방석이며 자리를 줄로 친 듯 펴고, 등불과 요강, 타구, 재떨이를 여기저기 벌여 놓았다. 인근 읍의 수령들이 차례로 앉은 후에 아이 기생은 녹의홍상 입고, 어른 기생은 패랭이 쓰고, 늙은 기생이 인솔하여 좌우에 모셔 섰다. 양금, 거문고, 생황, 가야금 소리는 산호채찍으로 옥반을 치는 듯, 입춤79) 후 검무(劍舞) 보고, 거문고 남창(男唱) 듣고, 해금과 피리에 여창(女唱)이라. 이 도령이 들어가고자 하나 경비가 삼엄한지라. 문 밖에서 어슬렁거리며 혼잣말로,

"이 노름이 고름이 되렸다. 저 노름이 얼마나 오래가리오? 어찌 되었던 잘 논다. 매우 잘 논다. 이따가 보아라. 내 솜씨에 똥을 싸 보아라."

하며 문 밖에서 기웃기웃 하니 문지기가 채찍으로 후려치

---

79) 기생춤의 일종.

며 구박이 심하다. 주저할 즈음에 문지기 오줌 누러 간 사이에 주먹을 불끈 쥐고 돌입하여 동헌 앞까지 들어간다. 본관이 화를 내어 나졸을 불러,

"저 걸인을 빨리 내쫓아라."

하니 좌우 나졸이 일시에 달려들어 이 도령을 덜미잡아 끌어낸다. 이 도령이 할 수 없어 분함을 참고 관문 근처를 다니면서 들어갈 궁리를 생각한다. 한 곳을 바라보니 동헌 행랑채 뒤로 담이 무너져 거적으로 막아 두었거늘 들치고 들어가 바로 대청으로 올라가 하는 말이,

"내 마침 지나다가 오늘 좋은 잔치에 음식이나 얻어먹을까 하노라."

하거늘 본관은 기분이 나빠 하고 운봉 영장은 웃고 하는 말이,

"이 또한 예삿일이니 잔치에 참여함이 무방하다."

하더라. 이 도령이 한 가에 앉았더니 이윽고 상을 들여 올새, 운봉 영장이 통인을 분부하여,

"술상을 가져다가 저 양반께 부어 드려라."

하니 통인 놈이 술을 부어 이 도령께 드리니 이 도령이 받지 않고 트집을 잡아 하는 말이,

"내 가만히 보니 어떤 데는 기생이 「권주가」를 불러 술을 드리고, 어떤 데는 더벅머리 아이 놈이 얼렁뚱땅하니 어찌 된 일이오? 무릇 술은 「권주가」 없으면 맛이 없으니 기생 중 묘한 년으로 하나 보내라."

하니 본관이 이 말을 듣고,

"고얀 놈이로다. 내 운봉의 말을 들어 이런 고약한 꼴을 본다."

운봉은 웃고 기생에게 분부하여,

"아무 년이라도 가 보라."

하니 한 년이 마지못하여 내려가며 하는 말이,

"아니꼬워라. 「권주가」 없으면 술이 목구멍에 넘어 들어가지 않나?"

하고 술을 부어 「권주가」를 부른다.

　　잡수시오 잡수시오

　　이 술 한 잔 잡수시오

　　이 술 한 잔 잡수시면

　　천만년이라도 사오리다.

　　이 술이 술이 아니라

　　한무제가 승로반에

　　이슬 받던 것이로니

　　쓰나 다나 잡수시오

이 도령 하는 말이,

"매우 좋으니 더 하라."

하니 계속 이어 부른다.

　　세상 이별 많은 중에

　　독수공방 더욱 섧다.

님 그리는 이 심정
저 누가 알리
나뿐이라.

달아 달아 밝은 달아
이태백이 놀던 달아
태백이 죽은 후에
누구와 함께 놀려고
밝았느냐.

봄잠을 늦게 깨어
창문을 반쯤 여니
뜰 앞의 꽃은 활짝 피어
가는 나비 머무는 듯
버드나무는 푸르고 푸르러
성긴 내를 띠었구나.

늙은 어부가 강기슭에 집을 지어
물과 산과 더불어 사는구나
배 띄워라 배 띄워라
아침 물살 밀려가고
저녁 물살 밀려온다.
지국총 지국총 어사와
백구야 펄펄 나지 마라

너 잡을 내가 아니로다
임금이 버리시니
너를 쫓아 여기 왔노라
버드나무 경치가 좋은 데
백마금편(白馬金鞭) 꽃놀이 가자.

말 없는 청산이요 태(態) 없는 녹수로다.
값 없는 청풍이요 임자 없는 명월이라
그중에 병 없는 몸이 분별 없이 늙으리라.

북두칠성 하나 둘 셋
넷 다섯 여섯 일곱 분에게
민망한 사연 한 장 고발하나이다.
그리던 임을 만나
사랑한단 말씀 채 못하여
날이 빨리 새니
그것이 민망하니
밤이 더디 가게 하옵소서.

노래를 마친 후에 큰 상을 차례로 들여올새, 이 도령이 받아 놓고 보니 모 떨어진 평반에 국수 한 접시, 떡 한 조각, 차돌박이 한 마디, 대추 하나, 밤 하나, 배 한 쪽을 놓아 검소한 상처럼 하여 준다. 이 도령이 심술을 내어 두 다리로 상을 박차 엎지르니 앉은 사람들이 다 기분 나쁘게 여긴다. 이 도령이

일어서 엎은 것을 긁어 모아 소매에 넣었다가 놓인 상을 향해
뿌리면서,

"아깝다."

하니 본관의 얼굴에 튀었는지라. 본관이 얼굴을 찡그리며
하는 말이,

"인사불성(人事不省)이로고. 애초에 운봉의 말을 들었다가
이런 욕을 보니 절통하다."

하더라. 이윽고 이 도령 말이,

"나도 부모 은덕으로 글자라는 것을 배웠으니, 이런 잔치에
음식 먹고 그냥 가는 것이 무미하니 운을 부르면 글깨나 짓고
감이 어떠하뇨?"

좌중에서 논란이 분분하다가, 기름 고(膏) 자 높을 고(高) 자
를 내고 지필묵을 주니, 이 도령이 운자에 맞추어 지어낸다.

　　금준미주(金樽美酒) 천인혈(千人血)이요
　　옥반가효(玉盤佳肴) 만성고(萬姓膏)라
　　촉루낙시(燭淚落時) 민루낙(民淚落)이요
　　가성고처(歌聲高處) 원성고(怨聲高)라.

좌중이 받아 보고 서로 얼굴을 맞대고 고민할 때, 운봉이
글을 한동안 보더니 얼굴색을 바꾼다. 대체로 그 글 뜻은 다
음과 같더라.

금동이의 아름다운 술은 일만 백성의 피요

옥소반의 아름다운 안주는 일만 백성의 기름이라.

촛불 눈물 떨어질 때 백성 눈물 떨어지고

노랫소리 높은 곳에 원망 소리 높았더라.

운봉이 생각하되,

"대저 글 뜻이 원의 옳고 그름을 논하고 백성을 위함이니 가장 수상하다. 삼십육계 중에 줄행랑이 제일이라. 먼저 내빼리라."

하고 본관에게 이른 말이,

"내일 환상이 시작되기에 종일 같이 즐기지 못하고 먼저 가노라."

하고 먼저 가더니, 이윽고 역졸이 마패를 들고 삼문을 두드리면서

"암행어사 출두야."

소리 지르니 일읍이 진동하여 난장판이 되어, 부러지는 것은 해금, 피리요 깨어지는 것은 장구, 거문고 등등이라. 각 읍 수령들이 서로 부딪히며 쥐 숨듯 달아날 제, 임실 현감은 갓을 옆으로 쓰며,

"이 갓 구멍은 누가 막았는고?"

하고, 전주 판관은 정신없는 중에 말을 거꾸로 타며,

"이 말 목이 원래 없느냐? 어찌 되었건 빨리 가자."

여산 부사는 어찌나 겁이 났던지 상투를 쥐구멍에 박고 하는 말이,

"누가 날 찾거든 벌써 갔다 하여라."

하고, 원님은 똥 싸고, 이방은 기절하고, 나머지 아전들은 오줌 싸고, 동헌 안채에서도 물똥을 싼다. 원님이 떨며 이른 말이,

"겁을 보고 너를 쌀까마는 우리는 똥으로 망한다."

하며 한참 분주할 때, 어사 남원 부사를 우선 벼슬을 빼앗아 내쫓은 후에 공사를 처결한다.

"관속의 죄상은 분부를 기다리라."

하고,

"우선 죄수 춘향을 올리라."

하니 옥사장이 춘향을 압송하여 들어온다. 춘향이 칼머리를 잡고 울며 하는 말이,

"우리 도련님에게 오늘 칼머리나 들어 달라 천만 당부하였더니 기한을 못 지키고 어디를 가서 이 경상을 아니 보는고?"

하며 방성대곡 하더라.

나졸이 춘향을 올리면서 형방이 이르되,

"어사또가 분부하여 오늘부터 너를 수청 들이라 하시니 그대로 거행하라."

춘향이 여쭈오되,

"소녀 전임 사또 자제 도련님과 백년언약을 맺었기로 분부 시행 못하겠습니다."

어사 이르되,

"노류장화(路柳墻花)는 사람들이 모두 꺾는다 하니, 너 같은 천한 기생이 어찌 이 도령을 믿고 수절하리오? 바삐 수청 들라."

하니 춘향이 여쭈오되,

"아무리 천한 기생이온들 이미 맹세한 후에 어찌 일구이언
하리오? 사또께서 소녀를 찢어 죽이실지라도 마음은 바꾸지
못하리로소이다."

어사 왈,

"너같이 절개가 굳으니 어찌 아름답지 아니리요."

하고, 기생들을 분부하여 춘향이 쓴 칼을 이로 물어뜯어
벗기라 하니 누구 명령이라 거역하리오? 모든 기생들이 달려
들어 물어뜯어 벗겨 내니 어사가 춘향에게 이르되,

"네 얼굴 들어 나를 보라."

하거늘 춘향이 여쭈오되,

"보기도 싫고 말씀 상대하기도 어렵사오니 바삐 죽여 소녀
의 원을 이루게 하소서."

어사가 이 말을 듣고 도리어 가련하게 여겨 말하되,

"아무리 싫어도 잠깐 눈을 들어 자세히 보라."

하니 춘향이 그 말을 듣고 의아하여 눈을 들어 살펴본즉
의심 없는 이 도령이라. 사연을 묻지도 않고 뛰어 올라가며,

얼씨구 절씨구 좋을시고.
세상에 이런 일도 또 있는가?
옛날 한신(韓信)도 욕을 받았다가
한나라 대장이 될 줄 누가 알며,
강태공도 나이 팔십에 가난하여
위수가에 낚싯대를 드리고 있다가

주나라 정승 될 줄 누가 알며,

엊그제 걸인으로 다니다가

오늘 암행어사 될 줄 그 누가 알며,

옥중에서 고생하다가 어사 서방 만나

세상 구경할 줄 누가 알쏘냐?

얼씨구 좋을사 어사 서방 좋을시고.

이것이 꿈인가 생신가?

정말인가 거짓말인가?

즐겁기도 그지없네.

어사 서방 즐겁도다

어제 걸인으로 나를 찾아 볼 때

오늘 어사또 될 줄 나는 몰랐네

하며 이리 춤추고 저리 춤추며 온갖 가지로 즐길새, 춘향
어미 미음 그릇을 들고 오며 하는 말이,

"그리 하면 네가 정절을 지켜 이름을 죽백(竹帛)[80]에 올리느
냐? 애고애고 설움이야. 이런 설움 또 있는가? 만고의 충신 굴
원(屈原)[81]도 부득이 하여 멱라수(汨羅水)에 빠져 죽고, 두 임
금 섬기기를 거절한 백이숙제도 충절을 지켜 수양산에서 굶
어 죽었으니 이를 본받아 열녀가 되려면 상강(湘江)에 빠져 죽
음이 그 아니 마땅한가?"

---

80) 대나무와 비단. 종이 대신 사용하여 편지 등을 적기도 했다. 후세에 이
름을 길이 남는 것을 뜻한다.
81) 중국 전국 시대의 정치가인 굴평(屈平).

하고 울고 울 적에, 관속들이 춘향 어미를 보고 축하하되,

"그렇게 신기하고 기쁜 일이 어디 있으리오?"

하니 춘향 어미,

"이 말이 어인 말인고?"

하며, 삼문 틈으로 비스듬히 들이밀어 보다가 오 리만큼 뛰어나와 미음 그릇을 십 리만큼 던지고 손뼉 치며,

"얼싸 좋을시고. 하늘 밑에 이런 귀한 일도 또 있는가. 밀화 갓끈에는 산호격자가 제격이요, 노인 상투에는 불구슬이 제격이요, 터진 방앗공이에는 보리알이 제격이요, 안질에는 노랑 수건이 제격이요, 기생 춘향에게는 어사 서방이 제격이요, 춘향 어미에게는 어사 사위 과분하다. 그것이 참말인가 헛말인가? 어찌 즐겁지 않으리오."

하고 기쁨을 이기지 못하고 궁둥이 춤을 추며 강동강동 뛰어오며,

"얼싸 좋다, 지화자 좋을시고. 내 딸 춘향이를 두었다가 오늘 경사를 보니 기쁘기도 측량 없고 반갑기도 그지없다. 사람마다 딸을 두어 나같이 효도를 볼작시면 '다시 자식 낳으면 아들 말고 딸 낳으리라' 하는 말이 헛말이 아니로다."

하고 이리 놀며 저리 노는지라. 어사가 남원 예방에게 분부하여 큰 잔치를 열고 춘향과 같이 즐긴다. 어사가 공부하여 급제한 후 자원하여 어사가 되어 내려온 말과 춘향이 고생하던 일을 서로 주고받으며 슬픔과 기쁨이 뒤섞여 종일 논다. 허봉사를 불러들여 상을 많이 주며 점이 맞은 일을 칭찬하고, 옥졸을 불러 음식을 주며 그간 수고했음을 치하하고 잔치를 마

친다.

이튿날 공사를 다 처리한 후 그 사연들을 임금께 상세히 보고하니 임금께서 들으시고 크게 칭찬하며 이르시되,

"자고로 수절한 자 많지만 천한 기생으로 금석같이 수절한 자는 드문 일이니 어찌 아름답지 않으리오?"

하시고 직첩을 내리시어 '정렬부인'을 봉하시고, 어사는 나랏일에 수고한다고 벼슬을 올리신다. 어사가 임금의 은혜에 머리 숙여 감사드린 후, 춘향을 데리고 서울로 올라와 아들 딸 낳고 백년해로하니라.

무릇 보통 부녀자도 수절하기 어려운데 하물며 기생집 딸로 정절을 지켜 마침내 뜻을 이루니 고금(古今)에 드문 일이라. 이에 대강을 기록하여 이후 사람으로 하여금 충성과 정절을 본받게 하나니 비록 장부(丈夫)라도 임금 섬기는 자는 반드시 두 마음을 먹지 말지니라.

『춘향전』 바로 읽기

1

『춘향전』은 가히 국민소설이라 할 만한 작품이다. 한국 사람이면 어른 아이 할 것 없이 『춘향전』을 모르는 사람은 없을 것이다. 19세기에 유행되었던 작품이지만 그 인기는 지금도 여전하다. 그런 까닭에 『춘향전』은 뮤지컬, 영화, 드라마 등을 통해서 끊임없이 재창조되고 있다. 조선 시대의 수많은 소설 중에 하필이면 『춘향전』의 인기가 돋보이는 이유가 무엇일까? 여러 가지 이유가 있겠지만 청춘 남녀의 애정을 발랄하면서도 애절하게 그린 몇 안 되는 작품이기 때문일 것이다. 그리고 애정을 통해서 『춘향전』이 담아내는 의미망이 단선적이지 않고 복잡다단하게 얽혀 있기 때문일 것이다. 작품을 읽는 사람에 따라 그 입장에 걸맞은 다양한 의미가 산출 가능하다는 말이다.

그런데 이런 『춘향전』을 원전에 가까운 형태로 읽어 본 독자가 많은지에 대해서는 의문이다. 강의를 하면서 간혹 학생들에게 홍길동과 성춘향 중에서 실존 인물이 누구냐고 물은 적이 있다. 놀랍게도 과반수의 학생이 홍길동은 가짜이고 성춘향은 진짜라고 답한다. 홍길동은 실제 인물이고 성춘향은 가짜 인물이라는 것쯤은 상식이라고 생각했는데 참으로 어처구니없는 반응이었다. 남원 광한루에 춘향의 초상이 그려져 있는 탓일까? 다시 말해 『춘향전』은 누구나 알고 있는 이야기지만 대다수의 사람들이 알고 있는 『춘향전』은 요약하면 몇 줄밖에 되지 않는 간략한 설화적 내용뿐이라는 것이다. 국민소설이라고 하지만 이름만 요란했지 그 실체에 대한 접근은 아직 제대로 이루어지지 않은 작품이라고 하겠다.

물론 조선 시대 소설을 연구하는 학계에서 『춘향전』만큼 많은 연구가 이루어진 작품도 없다. 가히 연구의 종로 일번지라고 할 만하다. 그만큼 『춘향전』에 대한 해석도 각양각색이다. 작품의 주제를 '사랑'이라고 하는 경우가 있는가 하면 '정절'이라고 하는 경우도 있다. 혹은 양반과 천민의 신분 갈등이라고 하는 경우가 있는가 하면 관리와 백성의 관민 갈등이라고 하는 경우도 있다. 나아가서는 아예 이 모든 것들이 『춘향전』의 주제라고 하기도 한다. 어떻게 읽어야 바르게 읽는 것인지에 대해서는 접어 두자. 『춘향전』이 담고 있는 의미가 그만큼 복잡하다는 것은 분명한 사실이다.

이 작품의 길이가 긴 것도 아니다. 마음먹고 읽으면 반나절이면 다 읽을 수 있을 정도의 짧은 분량이다. 그럼에도 불구하고 의미가 복잡하다는 것은 『춘향전』의 작품성이 그만큼 우수하다는 것을 방증하는 것이라 하겠다.

실제 원본을 읽어 보면 『춘향전』은 결코 아동물이 아니다. 그다지 낭만적인 사랑을 다룬 소설도 아니다. 성에 대한 상당히 노골적인 묘사와 때로는 계산된 사랑 행위가 포함된 성인소설이다. 주인공으로 등장하는 이 도령과 성춘향의 나이는 16세이다. 관념적인 나이라고는 하지만 어린 나이의 남녀가 노골적인 애정행각을 벌이고 있기에 더욱더 야한 소설처럼 느껴진다. 사실 『춘향전』을 보는 재미 중의 하나는 바로 여기에 있다. 이제라도 늦지 않으니 『춘향전』의 실체에 다가서려는 노력을 해 보자.

2

조선 시대의 우리 소설은 대체로 세 가지 유형으로 구분할 수 있다. 청춘남녀의 애정을 다루는 애정소설, 영웅의 파란만장한 일생을 다룬 영웅소설, 결혼한 부부의 가정과 가문을 다루는 가정, 가문소설 등이 그것이다. 애정소설은 우리 소설사의 시발점이라고 하는 『금오신화』의 「이생규장전」, 「만복사저포기」 등에서 비롯되어 17세기를 거치면서 꾸준히 발전해 왔다. 동서고금을 막론하고 남녀 사이의 애정은 서사문학에서 가장 핵심적인 이야깃거리였다. 그러나 조선 시대는 성리학적인 윤리 이념을 굳게 고수했기 때문에 애정 이야기가 폭발적인 성장을 하지 못한 것이 사실이다. 어떻게 보면 소설 작가와 독자들은 애정에 대한 욕망을 끊임없이 억압당해 왔다고 볼 수 있다. 대신에 가문의 유지와 성리학적 윤리에 대한 자기반성을 부단히 요구하는 엄숙한 소설이 고급 독자들을 사로잡았다.

『춘향전』은 이런 소설사의 분위기를 한꺼번에 부정했던 작품이다. 19세기라는 시대적 요구가 낳은 결과라고도 할 수 있겠다. 결혼하지 않은 남녀의 혼전 성행위가 노골적으로 묘사되고, 사대부와 기생 집안의 여성이 사랑을 하고, 그런 여성이 사대부의 정실 부인이 되는 이야기는 아무리 소설이라고는 하지만 당시로서는 대단한 파격이 아닐 수 없었다. 우리가 잘 알고 있는 판소리계 소설인 『심청전』, 『흥부전』 등도 파격이라면 파격이지만 『춘향전』은 그 정도를 훨씬 넘어선다. 『춘향전』에 사람들의 이목이 집중되었음은 당연한 결과이다.

그렇지만 『춘향전』이 하늘에서 뚝 떨어져 갑자기 생겨난 돌연변이는 아니다. 오랜 기간 성숙을 거듭해 온 우리 서사문학사의 전통 속에서 탄생한 작품이다. 암행어사 설화, 염정 설화, 열녀 설화 등 민간에 널리 유포된 설화가 작품 형성에 일정 정도 영향을 미쳤고, 『숙향전』과 같은 애정소설도 영향을 미쳤다. 뿐만 아니라 조선 시대 동아시아 사회를 풍미했던 중국의 유명한 한시와 고사 등도 많은 영향을 미쳤다. 작품을 세심하게 읽어본 독자들은 『춘향전』에 등장하는 수많은 고사와 한시 구절들을 맛보았을 것이다. 이로 인해 『춘향전』의 장면성과 수사성이 더 높아질 수 있었다. 또 『구운몽』, 『사씨남

정기』와 같은 17세기 소설이 부분적으로 배어 있음을 알 수 있다.『구운몽』에 등장하는 8선녀의 이름이 직접 거론되고 있는가 하면,『사씨남정기』에서 위기를 만난 사정옥이 꿈을 꾸고 '황릉묘'에서 이비를 만나는 장면이 춘향의 옥중 위기에서 그대로 재현되고 있다. 이와 같이『춘향전』은 우리 서사문학사의 전통을 고스란히 압축하면서도 그 전통을 뛰어넘는 수작이다.

이전까지의 애정소설은 중국에서 만들어진 재자가인 소설의 영향을 다분히 받은 것이 사실이다. 우리나라에서 주로 읽은 중국 소설은 명나라 말기, 청나라 초기 이후에 창작된 것들인데, 이때 중국 사회에서는 이미 성리학적 이념이 와해되기 시작한 시기였다. 따라서 다수의 애정소설들이 창작되었고, 이것들이 우리나라에 수입되었던 것이다.『춘향전』의 애정 이야기는 중국의 그것과 완전히 다르다는 점에서도 큰 의의가 있다.

한편『춘향전』은 생동감이 넘치는 작품이다. 인물의 성격에서도 그렇지만 무엇보다 장면을 꾸미는 문장과 어휘에서 생동감을 맛볼 수 있다. 조선 시대 소설은 대부분 한문 어투의 문체적 특징을 지니고 있다. 한문 어투가 조선 시대 소설의 가치를 떨어뜨리는 것은 아니다. 특히 장편 대하소설은 한문 어투로 인해 문체의 품격이 살아난다. 그러나『춘향전』은 구어체로서의 문체적 특징을 지니고 있다. 의태어나 의성어가 적절하게 구사되고 있으며, 현장감 있는 대사가 구현되고 있다. 공연문학인 판소리의 영향을 강하게 받았기 때문에 소설에서도 이러한 문체가 가능했을 것이다. 이것 또한 『춘향전』이 지니고 있는 독특한 특징이자 소설사적 의의가 아닐 수 없다. 물론 요즘의 독자들이 이런 문장과 어휘를 대하면 낯설다는 느낌을 먼저 받을 것이다. 그렇다고 대충 건너뛰지 말자. 그것은 외래어에 물들지 않은 가장 순수한 우리말이다. 조선시대 민중들이 실제로 사용했던 현장 언어이다. 살아 있는 과거의 언어를 마음껏 느껴 보기 바란다.

3

『춘향전』은 여러 층위의 대립 요소를 지니고 있다. 전반부의 성격과 후반부의 성격이 서로 대립한다. 전반부가 발랄하고 명랑한 낭만적 분위기를 지니고 있다면 후반부는 비장하고 엄숙한 분위기를 지니고 있다. 이에 따라 등장인물의 성격도 다르게 설정되어 있다. 가령, 전반부의 이 도령은 누가 보아도 바람둥이 소년 한량이다. 춘향의 모습 역시 발랄하기 그지없다. 현대의 십 대 혹은 이십 대 청춘 남녀를 그대로 옮겨 놓은 듯하다. 그러나 후반부는 이것과는 성격이 완전히 다르다.

그런데 전반부의 사건은 충분히 개연성이 있으며, 후반부의 사건은 개연성이 없다고 볼 수 있다. 이 도령과 춘향의 만남은 그것이 아무리 혼인 전의 만남이었다고 하지만 이 도령이 사대부이고 춘향은 기생의 딸이었던 만큼 가능성이 있는 일이다. 그런데 기생의 딸인 춘향이 고을 사또의 수청을 거부하여 어사 벼슬을 하고 있는 사대부와 혼인하고 정실 부인이 되는 일은 상상도 하기 힘든 일이다. 따라서 전반부는 현실이고 후반부는 상상이다. 민중의 입장에서 그렇게 되었으면 하는 염원을 후반부에 담아 놓고 있는 것이다.

밝음과 어두움, 현실과 상상의 대립이 바로 『춘향전』을 이끌어나가는 서사적 추동력이다. 전반부와 후반부라는 큰 구조에서만 이러한 대립이 있는 것이 아니다. 모든 장면에서 이러한 대립을 발견할 수 있다. 가령, 이 도령과 춘향이 처음 만나던 날 춘향이 차려 온 술상을 묘사한 대목에서도 이러한 대립이 작용한다. 이 술상에는 갈비찜, 제육찜, 숭어찜, 메추리찜 등 현실적으로 가능한 것들과 갖가지 고사가 따라붙는 신이한 술들이 섞여 있다. 세상에 좋은 것은 다 가져다 놓았다고 하지만 현실적으로 장만할 수 있는 것들과 작가 한번도 구경 못했을 상상의 것들이 섞여 있는 것이다. 또한 이 도령이 춘향을 생각하며 천자문을 읽는 대목이 있다. 이 구절은 판소리 춘향가에서 '천자문 뒤풀이'라고 하여 애창되기도 했다. 이 대목의 전반부는 천자문에 유명한 고사를 맞추고 있지만 뒤로 갈수록 "군자의 좋은 짝 이 아니냐 춘향이 입과 내 입을 한데다 대고 쪽쪽 빠니 풍류 려(呂) 자 이것 아니냐."와 같이 내용이 가벼워진다. 춘향에 대한 생각이 현실이고 어려운 고사에 나오는 대목은 상상이다. 다르게 보면 어려운 고사는 성현의 행적이니 엄숙한 대목이고 춘향 생각은 가벼운 대목이다. 이와 같이 『춘향전』은 현실과 상상, 밝음과 어두움이 큰 구조를 통해서 그리고 세세한 장면의 표현을 통해서 끊임없이 대립하는 작품이다. 『춘향전』이 영원한 고전으로 자리매김할 수 있는 가장 근본적인 이유가 바로 여기에 있다.

소설은 갈등의 문학이다. 인물과 인물, 자아와 세계의 대결을 형상화하는 문학이란 뜻이다. 그 갈등이 선명하게 드러날수록 소설은 재미있다. 반대로 갈등이 복잡하고 내재적이어서 한눈에 알아차릴 수 없으면 따분해진다. 갈등이 선명한 것은 대중소설이나 멜로드라마가 되기 십상이다. 『춘향전』은 이런 의미에서 본다면 분명 대중소설이자 멜로드라마이다. 그렇다고 가치를 폄하할 필요는 없다. 조선 시대 소설은 대부분이 대중 소설 즉 대중문화적 의미를 지니고 있기 때문이다. 아마 당시의 독자들은 소설을 읽으면서 요즘 우리가 TV드라마를 보는 것과 유사한 느낌을 받았을 것이다. 이를 통해 그들은 삶의 억압에서 잠시나마 벗어날 수 있었을 것이다.

4

『춘향전』은 이본이 백여 종을 넘으며 제목도 이본에 따라 다르다. 조선 시대 소설의 유통 환경상 이본이 있다는 것이 새삼 새로운 것은 아니지만 『춘향전』만큼 이본에 따른 편차가 심한 작품도 드물다. 어떤 이본을 읽었느냐에 따라 작품의 주제나 성격이 다르게 파악될 정도이다. 이본이 많고 그 편차가 심하다는 것은 이 작품에 대한 당시 독자들의 관심도를 직접 말해 주는 것이라고 할 수 있겠다.

『춘향전』의 이본은 크게 보아『별춘향전』계열의 이본과 『남원고사』계열의 이본으로 무리 지을 수 있다.『별춘향전』 계통에 속하는 이본들로는 대부분의 필사본과, 완판 30장본 『별춘향전』, 33장본『열녀춘향수절가』, 84장본『열녀춘향수 절가』등의 목판본들이 있다.『남원고사』계통에 속하는 이본 들로는 파리 동양어학교『남원고사』를 비롯한 일본의 동양문 고본『춘향전』, 동경대학본『춘향전』등의 필사본과 경판 35장 본, 30장본, 23장본, 17장본, 16장본 등의 목판본이 있다.

이 책에서는 완판『열녀춘향수절가』84장본과 경판『춘향 전』30장본을 저본으로 현대역을 했다. 완판 84장본은『별춘 향전』계열이 거듭 개작되면서 완성된 19세기 이본이다. 현존 하는 이본들 중『춘향전』의 생동감을 잘 살려『남원고사』와 더불어 가장 작품성이 뛰어난 이본으로 인정받고 있다. 특히 앞부분에서 춘향의 집안과 출생 내력을 소상하게 밝히고 있 는 점은『남원고사』계열의 경판본과 비교하여 상당한 차이 가 있는 부분이다. 이 설정으로 인해 전반부에서 이 도령이나 방자가 춘향을 대하는 태도가 질적으로 달라진다. 완판과 경 판을 같이 읽는 독자는 이 점에 주의를 기울여 보는 것도 흥 미로운 일이다.

또한 낯선 고어를 현대어로 바꾸고, 현대의 문법에 맞게 문 장을 고쳤다. 어려운 고사가 나오면 주석을 달기도 했다. 그러 나『춘향전』의 원전을 읽는 느낌이 충분히 전달될 수 있도록 최선을 다했다. 그 바람에 다소 완전한 현대역이 되지 않은 부 분이 있을 수 있다. 원전의 분위기를 살리기 위해 어쩔 수 없

는 부분이라고 생각했다. 그러나 조금만 주의를 기울이면 독
서에 무리가 없을 것으로 믿는다. 국민소설을 읽기 위해서 그
정도의 노력은 감수해 주기 바란다.

2004년 4월

송성욱

열여춘향슈졀가

완판 84장본

影印

난사령이오난지굴노가오난지모르고주야로도련임만
싱각ᄒᆞ야우난듸망칙한환을당하랴거던소리
가화평할수잇시며한ᄯᅢ라도공방사리할게집아ᄒᆡ
라목셩으청셩이찌여자연실푼이원셩이되나보고
듯난사람의심장인들안이상할소냐임길우셔룬
마음식불감밥못머어침불안셕잠못자고도
련임싱각겨상되야피끌리모도다상연이라양가
쇠진ᄒᆞ야진양조람울음이되야갈까부다〻〻임
을ᄯᅡ라갈까부다쳔이라도갈까부다말이라도갈
까부다풍우도쉬여넘고날쎈수진이동창보라미
도쉬여넘난 고봉졍상동셜영고기라도임이와날
차지면난발버셔손의들고나는아니쉬여가계한양
계신우리낭군날마갓치길우난가무졍하야아조잇

열녀춘향슈절가라

고너의사랑옴게다가다른임을고이난가한참이리
셜이울졔사령등이춘향의이원셩을듯고인비
목셔안이여던감심안이될수잇냐육쳔마듸삭
삭신이낙수춘빙어름녹듯탁풀이여ᄯᅥ체이안
이불삭한냐이이외입한자식더리져른계잡을
추왕못ᄒᆞ면은사람이안이로다잇ᄯᅢ예지촉사령
노면셔오너냐웨난소리에춘향이깜짝놀너여문
틈으로니다보니사령군노나와구나아차〻이젓네오
나리가삼일졈고라하더니무삼야단이난나부다말창
문열달이며허〻번수임네이리오소〻〻오시기뜻박
기네이번신연길의노독이나안이나며사ᄯᅩ경체엇
더하며구관ᄯᅢ의가겨시며도련임편지한장도안이
하던가너가젼일은양반을모시기로이목이번거ᄒᆞ고

세계문학전집 **100**

춘향전

1판 1쇄 펴냄 2004년 4월 6일
1판 43쇄 펴냄 2023년 3월 3일

옮긴이 송성욱
그린이 백범영
발행인 박근섭, 박상준
펴낸곳 (주)민음사

출판등록 1966. 5. 19. (제 16-490호)
서울특별시 강남구 도산대로1길 62(신사동) 강남출판문화센터 5층 (우편번호 06027)
대표전화 02-515-2000 팩시밀리 02-515-2007
www.minumsa.com

ISBN 978-89-374-6100-2 04800
ISBN 978-89-374-6000-5 (세트)

* 잘못 만들어진 책은 구입처에서 교환해 드립니다.

민음사 세계문학전집

세계문학전집 목록

세계문학전집은 계속 간행됩니다.